U0659178

目录

银幕漫谈（一）

观《月宫宝盒》

上海大戏院新得美国明星范朋克氏杰作《月宫宝盒》（原名《巴达之贼》），试映之日，折柬见邀，予耳其名久矣，因欣然往观。是片本于《天方夜谈》之一节，极离奇诙诡之致。范朋克饰巴达之贼，神通狡狯，殆无异于《西游记》中之孙行者。而布景之侈丽伟大，不啻导吾人入于梦想中之琳宫贝阙，窃叹观止。是片主旨，在"幸福当力争而得"一语，意谓人生幸福，不能幸致，非奋发莫能得。观于巴达之贼，因爱一公主故，赴汤蹈火，百折不回，卒入月宫，得宝盒而归。而金枝玉叶之公主，遂亦为彼所有，脱以此毅力务其大者远者，亦必有成。凡吾青年，观是片可以兴起矣。

（选自《申报·自由谈》1925 年 2 月 18 日第 12 版）

银幕漫谈（三）

吾友但杜宇，名画家也，以善写美人闻。比舍丹青而治电影，亦能发抒美感，演之银幕。其新制《重返故乡》一片，尤为聚精会神之杰作。陈义既高，摄法亦美，在国产影片中，允为凤毛麟角焉。日前邀观试映，深为满意。同观者有丁慕琴、张光宇二子，亦击节称赏不置。

斯片女角有素女、虚荣、美丽、贞节、青年五姊妹，而为之母者则曰光阴。男角有金钱、引诱、谄媚、色欲、诚悫，陪衬者有义侠、强横、阴险，其描写社会罪恶，深刻已极。而字幕中之语句，亦含有哲理，甚难得也。

其情节略谓乡村中有五女郎，曰素女，曰虚荣，曰美丽，曰贞节，曰青年，虚荣慕城市之美，怂恿素女等往访姑母于城中。金钱见素女美，欲犯之，素女习于邪侈，亦不自检，虽有诚悫与之善，贞节为之防，而卒为金钱所惑。已而美丽横死，贞节被幽，虚荣与青年归去，素女见弃于金钱，幡然知悟，遂返故乡终老焉。

片中主角，饰素女者为殷明珠，饰金钱者为徐维翰，并皆佳妙。其他诸角，亦能发挥尽致，穿插尤多入妙，诚佳片也。

（选自《申报·自由谈》1925年5月15日第17版）

谈 艺（一）

予尝谓中国电影界中之具电影天才者，有二人，一但二春，一则黎明晖也。明晖于《战功》中渐露头角，予已知其不凡。吾友陆洁亦审其能，因特编《小厂主》一剧，供其表演。于是乎明晖之艺乃益显，明晖之饰小厂主黎爱方也，易钗而弁，复易弁而钗，活泼玲珑，在在尽其所长。而观众之喜怒哀乐，似亦随明晖之喜怒哀乐而转移焉。吾朋好之，自中央大戏院观《小厂主》归者，咸谓明晖于斯片中，已绝肖新大陆之电影女王曼丽毕克馥。脱假以时日，努力研究，则东方之曼丽毕克馥，非明晖莫属矣。王元龙年少英俊，孔武有力，其饰忠勇之秘书王一平，自忖非他人所可企及。而阴鸷如汤杰之黎大荣，沈毅如萧英之李达光，媚妩如何丽珠之黎如慧，亦不啻添花锦上焉。

（选自《申报·自由谈》1925 年 10 月 20 日第 13 版）

谈 艺（三）

老友卓呆、优游创制滑稽片。余以二人平日之著作及艺术料之已可必其成功矣。前日试演于中央大戏院，果博观众欢迎，实不亚于卓别林、罗克也。《临时公馆》情节已颇滑稽，加之二人做工俱颇老练，益为该剧生色。菱清女士容姿既佳，演来亦甚自然。《隐身衣》以应用摄影艺术为主，如箱子走路，酒壶变夜壶，粪箕与扫帚战争等颇堪发噱，且忽隐忽现，尽神出鬼没之能。此种摄法中国片中应用尚少，故甚为新异也。《爱情之肥料》以情节胜，全剧之二大要点为书信之错误及误怪人做贼，以致闹成笑柄，收场于夫妇二人中现出一小儿，此种摄法中国片中尚属创见。三剧均以汪徐二君为主角，尚有著名滑稽家周凤文君及菱清女士、爱珠女士、AD女士等，可谓珠联璧合矣。闻该三片将于十二月二十二日起为罗克之《丈母娘》合演于中央，开心公司第一次出品即得与罗克之片合作，固开心之荣，为中国电影界中足与罗克并驾齐驱者，亦非汪徐二君莫属也。

（选自《申报·自由谈》1925年12月3日第11版）

花间雅宴记（上）

月之十日，老友杨清磬画师见过，欢然语予曰："今夕天马会同人设嵩山路韵籁家，欢迎日本大画家桥本关雪先生，业专柬奉邀矣，此盛会也，君不可不至。"予曰："诺。"是夕，既与北京大戏院何挺然先生与本报炯炯先生大加利之宴，即飞车赴韵籁家，至则华堂中张三宴，裙屐盈座。甫就坐，忽莺声呖呖起于门次，语谁为姓周者，群以指指予。予大窘且愕，顾又不能拒，询之邻座滕子石渠，始知江小鹣恶作剧。一纸花符，遂破我十年之戒矣。来者一雏，御水红色之衣，自称小花园寄春，秋深矣，春乃寄于斯耶？已而石渠为予介绍诸上客，首席和服者，桥本关雪先生也。年四十余，有微髭，对坐则为桥本夫人，意态颇静穆。中座一美少年，与一丽人并坐，似夫也妇者，则新诗人徐志摩先生与其新夫人陆小曼女士也。其他座客，有前朝鲜领事张小楼先生，法学博士吴德生先生，均为初觏。他如余大雄、刘海粟、俞寄凡、王济远诸君，则皆素识也。步林屋先生与瘦铁、小鹣、吉生、慕琴、清磬诸子方聚饮楼头，初未之见，继乃续续来。步先生善饮，饮酣，则诗思喷涌，洒洒而来。座有东瀛老妓竹香，系桥本先生偕来者，亦豪于饮，与步先生对酌，尽十余盏，乞诗四首。已而有醉意，婆娑起舞，翩清磬同舞，继复引吭作歌，啁哳如鸟鸣，盖东瀛之漫舞与小曲也。时老友江子红蕉、名画师汪亚尘先生与吾师潘天授先生同在邻室座上，均起视莞尔。桥本先生视予刺，即以铅笔作书相示曰："弟前日读新闻纸，知先生之名，瘦鹃二字甚奇，贵国人用字至妙。"先生又坚约作东瀛之游，谓明春樱花开时，好把晤也。

（选自《上海画报》1926年11月15日第173期第3版）

花间雅宴记（下）

　　桥本先生虽日人，而与吾国人士至为浃洽，绝无虚伪之气，席间走笔书示吾辈云："前身为中国人，自称东海谪仙，恨今生不生贵国。"时徐志摩先生与先生接席，先生因相徐先生面，谓与彼邦名伶守田勘弥氏绝肖，徐先生则自谓肖马面，闻者皆笑。先生因又书曰："山人饶舌。"有进先生以酒者，先生一饮而尽。拈笔书纸上云："酒场驰驱已久。"其吐属雅隽如此。前数日，尝游虞山，谓虞山之美，令人消化不了。又言虞山赵氏家，有红豆树，绝美，云系由钱牧斋拂水山庄旧址分栽者。先生赋诗云："风流换世癖为因，千里寻花亦比邻。无恙一株红豆树，于今幽赏属词人。"宴罢，合摄一影，即鱼贯登楼，楼心已陈素纸与画具以待。韵籁词史丐先生画，先生时已半醉，戴中国瓜皮之帽，泼墨画一马，骏骨开张，有行空之致。题字作狂草，自署关雪酒徒。继又为陆小曼女士绘一渔翁，亦苍老可喜。而彼式歌且舞之老妓竹香，此时已卧于壁座间矣。已而先生倦，遂醒竹香，偕夫人兴辞去。徐志摩先生为印度诗圣太谷儿氏①诗弟子，有才名，此次携其新夫人南来度蜜月，暂寓静安寺路吴博士家。夫人御绣花之袄与粉霞堆绒半臂，以银鼠为缘，美乃无艺。夫人语予："闻君亦能画，有诸？"予逊谢，谓尝从潘天授先生游者一月，涂鸦而已。徐先生时与夫人喁喁作软语，情意如蜜。予问徐先生，将以何日北上。徐先生曰："尚拟小作勾留，先返硖石故里一行，仍当来沪。顾海上尘嚣，君虱处其间，何能为文？"予笑曰：

---

① 即泰戈尔。

"惟其如此，故吾文卒亦不能工也。"

韵籁词史，年逾三十，而风致娟好，仍如二十许人。性喜风雅，特备一精裱手册，倩在座诸子题字题画，以为纪念。海粟首题四字，曰"神韵天籁"，并画一兰，并皆佳妙。予不能书，而为小鹣所斷，漫涂"雅韵欲流"四字，掷笔而遁。夜将午，群谓南市戒严，不能归，予不信，亟驱车行，抵家走笔记之。

（选自《上海画报》1926 年 11 月 18 日第 174 期第 3 版）

吾友轶事（一）

吾友洪深，以排演爱美的新剧《少奶奶的扇子》《第二梦》名于时。当其导演之电影名片《冯大少爷》与《四月里蔷薇处处开》等，亦为一般观众所称道。其人盖爱艺术如性命，而能身体力行，以提倡艺术者也。愚初与通信，苦不知其大号云何，姑书曰深公，曰深先生，终觉不妥，因以问老友卓呆，卓呆谓洪子旧字浅哉，子其浅哉之也可。愚曰："妙哉此号，适与名反，深欤浅钦，诚令人莫测高深矣。"一日晤洪子，洪子谓君何由知吾旧号，吾已废置久矣。愚以闻之卓呆对，洪子曰："此中有一段故实在，愿以告君。"愚立曰："愿闻其详。"洪子曰："予留学扶桑时，某年患盲肠炎甚剧，势将不起。举衣服书籍等，一一分配，以遗诸好友。或曰：'君亦能立一遗嘱否？'予冷然笑曰：'浅哉，吾何需此为？'已而病垂危矣，不意药石有灵，竟尔获救，于是以浅哉为号，藉示纪念焉。"

吾友丁悚，字慕琴，在画师中享名甚早。当十余年前，即崭然露头角，与刘海粟、汪亚尘诸君为旧同学。其习画也，初未尝躬入学校，受师长之耳提面命，而实得力于函授，其聪明绝顶，概可见矣。慕琴夙失怙，习业于一质肆中，肆曰昌泰，在老北门内。肆主喜其聪慧，擢为写票，日必高坐账桌上，听朝奉绵蛮作皖语，报质物之名，与所质之价。君走笔如飞，若张天师画符然。及质票去，则立取其画板作画，调铅杀粉，逸兴遄飞，不须臾间，而纸上之美人，栩栩欲活矣。居质肆中者十年，绝口不言去。民初坊间所出《游戏杂志》及《礼拜六》周刊等之封面画，盖皆成于质肆中者也。愚初识君，日必与常觉诣质肆，观君写票兼作画，得暇则抵掌作长谈，杂以谑浪，时且留饭，必夜午始归，盖视此质肆如俱乐部焉。厥后慕琴事业大盛，遂不得不舍此质肆而去，其人盖富于奋斗力，而能不为环境所支配者，今日之得享盛名，良有以也。

（选自《上海画报》1926 年 12 月 15 日第 183 期第 3 版）

吾友轶事（二）

袁寒云盟兄，身出华族，而绝无贵介子弟习气，喜与文人墨客相往还，纵谈忘倦。性喜古物，与古为缘，初嗜汉玉古钱，罗致甚富。日夕摩挲珍物，啸傲烟霞间，致足乐也。继又癖中西金银币，斥巨金，广为购求。特制一宝箧，分门别类以贮之，镂金错采，弥彰手眼间，见者无不叹赏。近复致力于集邮，专重本国一部，为时两月，灿然大备。或谓何不集外邮，兄谓外邮浩如烟海，致力匪易，与其博而不精，则不如专集国邮，尚不失为提倡国货之道耳。近自某欧人许购得红印花加盖小字当一圆之品，颇得意，恒出以示人，问其值，云为千金，可谓名贵矣。工于书，挥毫每不择地，咄嗟立就。尝见其坐床上，以正楷书立轴，字字工正，无少参差，盖手能役笔，而不为笔役也。旬日前重来沪上，小住远东，求书者踵相接，人得其寸缣，珍如拱璧焉。年来忽蓄须，而须甚疏，恍如九疑山色，在若有若无之间。朋辈或指以为笑，不为忤也。

前记丁慕琴出身质肆事，丁子颇引以为乐，举以告晏摩士诸女生。诸女生不信，则以吾记证实之。闻报界中尚有二人，亦出身质肆者，一为前《新申报》总理席子佩先生，一为《小日报》主人查士端先生。畴昔之夕，丁子遇查先生于宴会中，查先生自承少时尝习业于质肆，丁子立以缮写质票为请，查先生挥笔立就，则光板皮袍子一件也。继又互道质肆中术语，钩輈格磔，相与作皖音。《品报》余大雄先生固皖人，因亦加入，闻者粲然。

（选自《上海画报》1926 年 12 月 24 日第 186 期第 3 版）

天马剧艺会琐记（上）

海上诸名画师所组织之天马会，曩既各出其丹青妙作，供吾人之欣赏矣。兹复于月之六七日，表演剧艺于浩灵班大戏院。钲鼓镗镗中，结束登场，居然如古人复生。愚与内子凤君得该会请柬，因躬与其盛，尽一夕之欢，归而记其琐屑，借资谈助。愚于剧事为门外汉，故不敢评剧也。

是夕无意间邂逅汪永康、吴连洲、吴天翁诸子，邀往大中楼，大嚼砂锅馄饨。袁抱存兄称之为西新楼畔第一家，洵非虚誉。饱饫后驱车赴会，而为时已略迟。凭柬上号码觅座，不可得，盖已为他人捷足先得矣。无已，就空座坐之，于后一排见小蝶夫妇，而栩园丈与次蝶夫妇则同在旁座中。中间甬道，颇有盈盈水一间，脉脉不得语之概。

时台上方演《宝莲灯》，杨清磬、张光宇等之《红霓关》，未获一观。清磬登台为第一次，以其平日之做一样像一样证之，则知是夕之丫环，必胜任愉快也。光宇已成老牌王伯党，荸荠之面，颇能装正经模样，不知此次之表演为如何耳。《宝莲灯》后，又有一灯，曰《七星灯》，天罡侍者本老作家，故演诸葛亮，自是佳妙。描摹孔明临死之状，颇为卖力。小蝶戏谓诸葛孔明一代人杰，其死时必瞑目安然而逝，如此死法，未免难为孔明矣，因相与拊掌。

黄子梅生，与唐瑛女士之母夫人、谭延闿氏之侄女公子等，同坐一厢，款谈甚洽。已而唐瑛女士亦来，御裘而不冠，貌较未嫁时为丰腴。愚与小语，易密司唐之称为马丹李，女士微笑而已。《七星灯》将终场，独鹤始至，予方他适，鹊巢遂为鹤占，以有凤君在，鹤欲起让，愚坚拒。及《玉堂春》登场，始与骈坐，盖座椅较阔，两椅之间，亦可勉强占一席地也。

（选自《上海画报》1927年12月12日第302期第3版）

天马剧艺会琐记（下）

　　是夕司法界名人如王宠惠、魏道明二博士与郑毓秀女博士俱庋止。郑女博士与陆小曼女士为素识，特探之后台，会《玉堂春》将登场，因亲为化装，涂脂抹粉，有若内家，小曼称谢不已。化装既毕，款款登场，一声"苦呀"，已博得彩声不少。衣饰镣枷之属，均极精丽，长跪公案前时，承以云裳锦垫，此女罪犯，可谓大阔特阔矣。唱白之佳，亦不亚老斫轮手，独鹤、小蝶，称赏不已。医生本定丁慕琴，而慕琴面嫩，不敢登台，卒由光宇承乏。为王公子诊脉时，谓此病不必吃药，应施以推拿之术。盖扮演王公子之翁瑞午君，为推拿名医，故调之也。凡识翁者，佥为失笑。

《玉堂春》毕，已过夜半，遂不及观俞振飞、鄂吕弓诸君之《群英会》，匆促引归。翌晚愚到会时间极短，略与诸友好周旋，忽觉热闹场中，不可久留，因潜出，驱车遄返，亦不自知其所以然也。

（选自《上海画报》1927 年 12 月 15 日第 303 期第 2 版）

吃看并记（一）

吾家楼窗外有广场，凌晨即闻角声呜呜作，而一二三之声，即继之以起，盖有军士在此做早操也。愚每闻此一二三之口号，辄连想及于四五六。四五六者，吾友杨清磬、顾苍生二君与党部诸子合组之一食品公司也，其地在南京路抛球场与画锦里之间，正为吃喝衣着荟萃之所。四五六崛起其间，以淮扬名点、川中佳肴为号召，大足使贪吃贪喝之上海人食指大动，而趋之若鹜焉。月之二十有九日，为开幕之日，先一日折柬见邀，因欣然往。门首垂黄色花灯一串，凌风招展，似磬折以迎客者。两玻窗中，陈果品数事，双橘半绽，露其瓤，位置亦复不俗，仿佛名画师之静物写生画也。入门见玻案藤椅，洁无纤尘，与糊壁之纸，色泽相称。中央有梯，以达楼心，梯之阑，亦有特别装点，如嵌以绝巨之骰子。谛视之，则四五六也。楼头有革制雅座，坐之滋适，每一几上，陈调味之器，与插花之瓶，瓶中黄菊一枝，姹娅欲笑，环顾四座，颇富美感。脱肆中司事与奔走伺应之侍者，亦一一易以女性者。则此四五六美具难并，可谓美的食品店矣。清磬命侍者以点心来，已而热气蓬勃之甜咸包子，已毕呈于前。时愚方饱食，浅尝即止。其食品单中，罗列点心十余类，都一百种。中如翡翠烧卖、蝴蝶卷子、虾螯汤包、螺丝馒头等，皆新颖可喜，殊足使老饕见之垂涎焉。据清磬言，其三层楼上，拟再自出心裁，加以布置。四壁绘壁画，全用图案，丛花之间，缀以金鸟，而鸟喙衔一玉钩，钩上悬名画一帧，四壁可悬十余画，皆精选者。所陈几案，悉特制，极娇小玲珑之致。此室专供设宴宴客之用，度必为一般雅人所乐闻也。（惟何日始能布置就绪，刻尚未定。）座有名画师唐吉生君，倾谈至乐，越一时许，始道谢兴辞而出。

近日海上影戏院中，有两大名片，可令吾人过瘾者。一为卡尔登之《复活》，一则浩灵班之《茶花女》也。《复活》原著出俄国文豪托尔斯泰先生手，《茶花女》原著出法国文豪小仲马先生手，实为小说界两大名著，久已轰动世界。前此固已有人摄为影片，并尝映于海上，愚曾两度见之。此次之两片，则为一年来新摄之作。《复活》一片，得托尔斯泰公子伊尔亚伯爵指导一切，并任片中老哲学家一角，身价为之顿增。而伊尔亚托尔斯泰伯爵之状貌，尤绝肖乃父，弥足令人景仰也。（按：明星公司之《良心复活》一片，亦即根据托氏说部而编制者。）《茶花女》一片，得善演悲剧之瑙曼泰美琪饰茶花女，以一新进之小生饰亚猛，表演之佳，与前次南捷穆淮范伦铁诺不相上下。而前后次序悉本原书，尤为难能可贵，唯茶花女临死一幕，少嫌草率，迥不如南捷穆淮之哀感动人耳。愚于影戏

有特嗜，而于三日之间，得睹此两大名片，深自欣幸，
是不可以不记。

（选自《上海画报》1927 年 11 月 3 日第 289 期第 3 版）

　礼拜六的晚上

吃看并记（二）

人生多烦恼，劳劳终日，无可乐者。愚生而多感，几不知天下有乐事。所引以为乐者，吃耳。海上餐馆林立，颇难判其优劣。其在愚吃之历史上，有可记之价值者，则去岁杨耐梅安乐园酒家之五十元席，与月前华新公司之共乐春一宴，足快朵颐。以言私家名厨，则中南、金城二银行，皆有淮扬佳肴，百啖不厌。舍是以外，则马兰记、马永记、宋贵记诸厨房，亦颇不恶也。西餐则大华礼查，自有佳品。麦山尔之纯粹法兰西风味，亦能独张一军。王茂亭君家有庖人，能制法兰西菜，弥复可口，愚尤喜之。以言家常便饭，足恣老饕饱饫者，则惠而康之每餐十道，足当价廉物美之誉。每星期四与星期日之旁贝黄饭，每星期二、五之火腿鸡布丁，俱有特殊风味，为他家所未备者。以言点心，则大中楼之砂锅馄饨，四五六之菜烧卖、枣泥饺，精美之野鸭面，惠通、粤南、安乐园之粤点，皆可一吃也。一日晤老友汤韵韶君，江小鹅君亦在座。韵韶善谑，笑顾小鹅曰："吾将与君等之云裳公司为邻矣，小店牌号为师姑斋，云裳其易名为和尚堂可乎？"小鹅大笑，愚瞪目不解所谓，以问小鹅。始知韵韶与蔡巨川、吴六宜诸君合设一骨董肆于云裳之贴邻，揭橥其名曰师古斋，故韵韶以师姑和尚为戏也。越日过云裳，访韵韶于师古。韵韶御中山装，威仪赫弈，与四壁琳琅，相映成趣。古书画数百幅，多名家作品，足资观摩。其他名瓷珍石与汉代宝玉，无不具备，而观光之余，尤令人深印脑府，念念不忘者，则有汉代之大铜鼓一具，为白下丁园宝藏之物，名流谭延闿氏等尝叹为希世之珍，影而去。直二万，不为贵也。又西太后鼻烟壶匣两具，以竹为之，可折叠，镂工极细，至可把玩，直八百金，家藏鼻烟壶者，必且目此匣为瑰宝矣。又湘妃竹扇五十柄，为某君祖遗珍物，扇面书画，均出名家手。五十扇索直三万，概不拆售。扇骨光泽无匹，竹斑尤美，殆真有湘妃当年之斑斑血泪，濡染其上也。观赏久之，恋恋不忍去，归而记其崖略如此。

（选自《上海画报》1927 年 11 月 18 日第 294 期第 3 版）

吃看并记（三）

　　老饕爱吃，肚子里的一张食单，五花八门，甚么都有，却只有俄罗斯菜，付之阙如。老友慕琴、光宇，都说俄罗斯菜别有风味，甚么汤里的牛排啊，牛排之外再有牛排啊，说得津津有味，但我总没有尝试过。前天《新闻报》记者潘竟民先生忽然寄来一张请柬，代哈尔滨俄菜馆请我大嚼，我食指大动，便牺牲了巴黎饭店的一顿，远迢迢地赶去。这夜因为凤君要看卡尔登的时装展览，为便利起见，便同去叨扰。同席的大半是新闻记者，女客除了凤君外，只有李公朴君的未婚夫人张曼筠女士。食堂中布置很富丽，一面还有一只音乐台，有一个俄罗斯人在那里拉繁华令①，一个穿红衣服的妇人弹悲婀娜②，铿锵动听。临时客串的，有音乐家仲子通君自弹自唱，并竞民的京剧《受禅台》，又与何西亚君合唱《捉放曹》，用繁华令、悲婀娜相和，很为有趣。大家要余空我君唱《六月雪》，许窥豹君唱《南天门》，不道两君面嫩，都不肯使我们一饱耳福，只索饱饱口福了。说起口福，确实福如东海，几样冷盆，装璜得何等美丽。一只野鸡，栖在大盆子上，昂起了头，仪态万方。我们可以动刀动叉，在它的背上割肉吃，其美无比。两碟子冷羊肉，一些儿羊骚气都没有。其他如冷鱼、冷龙虾，无一不美。几道热菜，以焊鱼与俄式鸡排为最可口，而末尾一道糖丝冰忌廉，也做得十分道地，市上不大吃得到的。酒有红酒、香宾酒两种，真是尽吃喝的能事了。饱饫之余，须得谢谢半个主人潘竞民先生。

---

① 小提琴。

② 钢琴。

出了哈尔滨菜馆，恰恰九点钟，便与凤君上卡尔登去。这天鸿翔公司加入时装表演，所以宾客很多。我和独鹤、曼陀、剑侯等同坐一桌。乐声起时，第一节便是一张画幕，张在台上。画中有一队乐师，一女而五男，模样儿各各不同，嘴部镂了个大窟窿，人便隐在画幕后歌唱。大家不见真人而只见画上嘴动，耳中听着绝妙的乐声歌声，真是别开生面之作。跳舞除了交际舞外，有男女两人合演的俄罗斯舞，如龙飞，如凤舞，极为美观。又有六对男女合演的一节，也浪漫可喜。时装表演，共有三个西方美人，以福森士的丝银白料晚衣和白绒白狐领开披为最美，两位中国女士，也凌波微步的，在场中往来走了一趟。我很赞美汤让蕙女士的黑纱丝绒舞衣与黑丝绒披肩，穿在身上真好似一朵黑牡丹啊。夜过半，方始尽兴而归。这一晚的吃与看，不同寻常，也是值得一记的。

（选自《上海画报》1927年12月27日第307期第3版）

影戏话（一）

影戏，西名曰 Cinematograph。欧美诸邦，盛行于十九世纪，至今日而益发达。凡通都大邑，无不广设影戏院十余所至数十所不等。盖开通民智，不仅在小说，而影戏实一主要之锁钥也。考之吾国古昔，滥觞于汉武帝时。武帝以李夫人死，悼念弗衰，齐少翁夜设帐，张灯烛，帝坐他帐望之，仿佛是夫人。此虽近于神话，或亦为少翁所演之一种影戏。惜后即弗传，未能改弦更张耳。又新年元宵，儿童所弄走马灯，外作方形纸框，内以纸雕为车马人物，黏作圆圈形，中加以轴，缚针其端，下承蚶壳一，注油少许，两旁燃烛，烛明轴动，辘辘而转，车马人物之影，映纸框上，如相逐然。吾国之影戏，如此而已。五年前，海上有亚细亚影戏公司者，鸠集新剧人员，映演《黑籍冤魂》，及短篇趣剧多种。剧中妇女，仍以旦角乔装为之，装模作样，丑态百出。情节布景，亦无足观，不一年而消灭。持较百代、林发诸大公司之影片，正如小巫之见大巫耳。

英美诸国，多有以名家小说映为影戏者。其价值之高，远非寻常影片可比。予最喜观此。盖小说既已寓目，即可以影片中所睹，互相印证也。数年来每见影戏院揭橥，而有名家小说之影片者，必拨冗往观。笑风泪雨，起落于电光幕影中。而吾中心之喜怒哀乐，亦授之于影片中而不自觉。综予所见，有小仲马之《茶花女》(Comille)、《苔妮士》(Denise)，狄根司①之《二城故事》(A Tale of Two Cities)，大仲马之《红

_____

① 即狄更斯。

屋侠士》（*Le Chevalier de Maison Rouge*）（按：即林译《玉楼花劫》）、《水晶岛伯爵》（*Le Comte de Monte Cristo*），桃苔（A. Daudet 法国大小说家）之《小物事》（*Le Petit Chose*），笠顿之《旁贝城之末日》（*Last Days of Pomyeii*），左拉（E. Zola 法国大小说家）之《胚胎》（*Germinal*），柯南道尔之《福尔摩斯探案》四种。吾人读原书后，复一观此书外之影戏，即觉脑府中留一绝深之印象。甫一合目，解绪纷来。书中人物，似一一活跃于前。其趣味之隽永，有匪尝可喻者。去冬维多利亚影戏院，尝映演狄根司杰作《大卫柯伯菲尔》（*David Copperfield*）（按：即林译《块肉余生述》）。想影片中之布景人物，必能与狄根司之妙笔相得益彰。时予适婴小疾，未克往观，至今犹呼负负也。

（选自《申报·自由谈》1919 年 6 月 20 日第 15 版）

影戏话（二）

　　欧美诸邦，无不有影戏，无不有影戏院。而最盛者，尤莫如美国。据统计家言，一九一六年间，已得影戏院四千五百所。每日每一院中，至少有观客八百人，每人六便士，则全国影戏院一百间可入九万镑，一星期得五十四万镑。星期日尚不计，观者必较平日为尤盛。以一年计，则每年至少有二千八百万镑，从影机辘辘、影片闪闪中来矣。今阅时两年有半，当犹不止此数。其盛况可想。英国影戏事业虽次于美国，而每一城中，亦必有影戏院若干所。即扑咨毛司 [①]（Ports Mouth）一海口，至有二十二所之多。列席往观者，占全部人民十六分之一。推想他处，相去当不甚远。法国有百代（Pathe Freres）、高莽（L. Gaumont）两大公司，所出影片，多至数千种。则国中影戏之发达，不问可知。其沿海之口岸上，尝有人假船舶为活动之影戏院者，是亦足见彼邦人士爱观影戏之热潮矣。返观吾国，内地既多不知影戏为何物。而开通如上海，亦未尝见一中国人之影戏片与中国人之影戏院。坐使男女童叟，出入于西人影戏院之门，蟹行文字，瞪目不识，误侦探为盗贼，惊机关为神怪。瞀说盲谈，无有是处。欲求民智之开瀹，不亦难乎？吾观于欧美影戏之发达，不禁感慨系之矣。

比来美国影戏，竞尚长篇。每一种往往多至三四十本。如《紫面具》《半文钱》《黑箱》《怪手》《三心牌》《红眼》《红圈》《铁手》《七粒珠》等，其最足动人者，率在机关之离奇。屋自升高，地能下陷，或书橱去而壁穴现，

---

① 即朴次茅斯。

或承尘移而扶梯降。其建筑之钩心斗角，固自可观。而情节每有拖泥带水、沙砾杂下之弊。与晚近海上梨园中之连本新剧，如出一辙。然其吸引观客之魔力，则颇不小。盖彼观客之心目，亦为影片中五花八门之机关关住矣。海上诸影戏院，为迎合普通社会心理起见，亦多映演此类长篇影戏。每值换片之期，人必蜂屯而至，在坑满坑，在谷满谷。鼓掌哗笑之声，几欲破影戏院四壁而出。曲院中人，亦复嗜之成癖，多有挟其所欢俱至者。谑者戏称之为情欲之夜市，盖逆料电影烨烨中，或不免有几多风流韵事也。予于长篇影戏中，尝观《孽海情天》全部，《三心牌》全部，《紫面具》《红圈》《无声党》各半部。此等长篇，惟暇豫有福之人，始克观其全豹。若吾辈文字中之苦力，恒在百忙之中，事势所迫，每苦其半途中辍也。

（选自《申报·自由谈》1919 年 6 月 27 日第 14 版）

影戏话（四）

　　滑稽影片，类多短篇，妇孺多欢迎之。吾人当沉郁无憀之际，排愁无术，施施入影戏园，借滑稽片一开笑口。嗢噱之余，愁思尽杀，正不必别寻行乐地也。以滑稽名者，首推卓别麟[①]（C. Chaplin），次则罗克（Luke），他如麦克司林达（Max Linder）、泊林司（Prince）、挨勃

　　[①]　即卓别林。

格尔（Arbuckle）诸氏，亦并为世称。卓别麟在影戏界中，殆为天骄之子。凡世界中影戏片所至之地，人莫不知卓别麟。识之者殆数百万人。人有不知帝王之名，而语以卓别麟，则颔首以应者盖比比也。即儿童玩具，亦多以卓别麟为范，其得世人之推崇，可谓至矣。卓本英人，十年前佣于马戏班中，月仅得一二镑，郁郁不得志，已而游于美，试为影戏，遂渐有名。今则自设影片公司，独长其曹。尝售其滑稽片八种，代价至二十万镑（约二百万元）。欧战中购英国公债票甚多，一次尝购十五万金元（约墨洋三十万元），盖俨然为富豪矣。其演剧也，率以动作之滑稽见长，为他人所弗及。而其短臂小须，及长阔之履，小圆之冠，均足助其作态。至片中情节，类皆无甚意味，惟叫嚣隳突四字，足以尽之。去岁尝于维多利亚院见其《卡曼》（*Carmen*）一片，凡五本，谐妙可观，其价值在诸短片上。《卡曼》本法国名家哀情小说。梨园子弟争演之，遂成有名悲剧。今卓别出机杼，演为喜剧，诚所谓别开生面者矣。罗克为新进人物，善演无赖少年。其滑稽可喜，亦为一般人所欢迎。苟见滑稽短片中有美少年，目新式玳瑁圆边眼镜者，即

42　　　　礼拜六的晚上

此君也。爱普庐院中,演其片绝夥。麦克司林达,善为滑稽言情之片。五年前海上诸院时演之,颇足号召观者。其人工修饰,恒以时装见于片中。而目间善表情,动作亦佳。与之配者皆绝色女子,滑稽片中之俊品也。欧战既肇,林达即不复为影戏,去而从军。想其横刀杀敌时,或亦自疑为影戏中情景也。越年,海上有盛传其阵亡者,实则未死,第受创耳。同时有泊林司氏,亦滑稽之雄,沪人亦欢迎之。其所演人物,以活虎儿(Wiffles)名。善为怯汉及惧内之懦夫,惟妙惟肖。一颦一笑,皆能以丑态出之。海上影戏园,一时争演其片,今则《广陵散》已成绝响矣。挨勃格尔,为开司东片中习见人物,即硕大无朋之胖人所为,法的Fatty(意谓胖也)者是也。其人善为憨态,啼笑如稚子,益以身躯胖硕似为一天然的丑角。观其蠢若鹿豕之状,可发大噱。有艳妻曰梅白儿瑙孟(Mabel Normand),娇小玲珑,亦足当李香君香扇坠之称,与乃夫适相反。二人时合演影片,并臻佳妙。梅能游泳,能骑马登高山,身手矫捷,女中丈夫也。

(选自《申报·自由谈》1919 年 8 月 7 日第 14 版)

影戏话（十）

全球影戏公司以九月十八日离美东来，同行数十人，兴采弥烈。初至日本，择其名胜之区，摄影多帧，如横滨、东京、长崎、神户诸地，无不遍历。其《金莲花瓣》新影片中，遂得东方布景不少。居一月，始来中国。先以上海为目的地，将于租界及城内摄制影片，当有一番忙碌。去上海后，再赴汉口、北京、张家口，至外蒙古之库伦。因《金莲花瓣》之事实，以一土窟为最主要，而库伦则以多窟著也。自北京至库伦，拟以摩托车行，越沙漠，二十四小时可达。或以旅车首涂，则进行少缓。库伦事既毕，当南行赴广州、香港及小吕宋。片中尚须摄入猛虎真影，故不得不一至印度，或将与猎虎之猎人队相结合云。日来已于上海开始摄制，片中主要之某女郎为影戏中名女伶玛丽华克姆所饰。以名优哈兰德苟饰某少年。乌都利德勒饰中国道教代表。星期一日午前，在黄浦江中摄影。玛丽华克姆由一日本轮舶上，投身入水，泳至一小艇中，盖为彼中国道教代表推堕者。午后则至城内，演道教代表率其党徒追某女郎穿桥越巷，至于一荒僻之所。星期二日至吴淞有事于舟舶中。星期三日仍当入城摄演云。吾于斯事，窃有感焉。欧美之人，事事俱尚实践，故一影片之微，亦不恤间关万里，实事求是。此等精神，实为吾国人所不可及者。苟吾国大小百事，能出以美人摄制影戏之精神，以实事求是为归，则国事可为矣。即吾尚有一言，敢为全球影戏公司同人告者：西方人士，每不谙吾中国情状，故前此英美影戏中所有事实，其关于中国者，类皆与中国实情大相径庭。他姑弗论，即衣饰一端，动咸笑资。尝观《三心牌》影片，有一节涉及中国。其演员所被衣服，似中国又似日本，而行路之状，则俨然日本人曳木屐行也。所乘行舆，竟如前清囚人之木笼，见之令人失笑。又尝观《怪手女侠盗》诸影片，中国人多被箭衣外套，曳长辫，如前清官吏状，与中国今日情形，迥然不同。吾人见此，往往即避不愿一观。窃愿该公司同人于此等处一加审察，勿再自作聪明，暴吾中国人莫须有之丑态于世界，是亦实事求是之道也。

（选自《申报·自由谈》1919 年 11 月 13 日第 14 版）

影戏话（十三）

　　《世界之心》（*Hearts of the World*）为影戏中最近杰作，与《难堪》一片，同出美国影戏界巨子格立司氏手。全片凡长十二万尺，其见丁幕上者，仅十分之一。盖少有毁损，即弃去也。揣其主旨，在写欧洲大战之惨况，而斥德意志人之残酷。将借区区电影，留一深刻之印象于世人心坎脑府中，俾永永不之忘也。当制片时，曾携其全部演员，躬赴欧洲前敌，得英国陆军部特许，恣其自由。并得英首相劳德乔治氏嘉勉，其言曰："君之为此，实足为人道之保障。他日传遍世界，动人观感，将使人人心中，洞知爱国爱家忧人之义。君之功大矣。"格氏既赴法国战地，英法军官争助之，匪所不至。然出入药云弹雨中，险乃万状。德军三次猛攻，每次至四小时之久，格氏均亲历之。所部有两女郎，曰丽丽痕甘希（Lillian Gish）及杜露珊甘希（Dorothy Gish），年甫及笄，并负绝色，并一六龄之稚子，均从格氏往来战地，坦然若无所慑，而濒于险者屡矣。历时十八月，耗资二百万，全片始获告成。演之世界诸大都会，备受欢迎。自来海上，一演于浩灵班，再演于维多利亚部。予尝一见，叹为观止。其最足动人者，在状战事之惨烈。予于此得见数种特殊之战器，一为极巨之战炮，一为泄放毒气之钢管，一为状如球板之爆烈弹，杀人如麻，流血似潮，人命之贱，殆逾于蝼蚁矣。其间纬以一节简单之情史，略述如下：法国某村有老画师居焉。生一子，年少多才，善为诗，以小诗人称。邻有某女郎，貌美如花，复擅绝慧。一日与天鹅嬉，鹅入邻园，女追捕之，不期与少年遇，芳心微动，遂种情荄。少年亦倾心焉。左近有贫女某，瞰少年美，屡挑之，少年不为动。一夕伏门次，俟其出，强与接吻。会女自外归，见状大恚，入室饮泣。越日，即尽出少年所赠书札信物，一一璧还。少年哭，自白无他。女忽回嗔作喜，于是复合。居未久，遂订婚。贫女无如何，则别昵一园丁去。如是两月，而大战起，少年固爱国，奋身从戎。女尼之不得，牵衣揽袂，欲别频啼。笳鼓声中，鸳鸯遂分飞矣。时园丁亦从军去，与少年遇于军中，颇相友爱。战月余，大败。德军之炮弹，时入村中，杀人无算，村屋亦墟其半。村人相率他徙，女亦不能久居，奉其祖父母出走，行未远，二老皆中弹殒。女出时未携他物，仅挟其订婚后手制之嫁衣一袭。以为一身所有，止此可宝耳。村破之日，女忽忽若狂，屈指时期，适届吉日，遂御其嫁衣，作新嫁娘状，出觅所欢于郊外，适少年中弹仆地，才得一见，即为红十字会中人舁之而去。未几，德军已入村，女为所拘获，留以充担煤之役，唾骂扑挞，备受凌辱，日惟观所欢小影，用以自慰而已。时少年伤已愈，一夕探敌垒，成功而归。信足归村，藉视旧时居宅，不期于一酒肆中遇女，大喜过望，忽为一德兵所见，将执以去。少年刺杀之，顾他德兵已闻警奔集，围二人于小楼中。双方交攻，命若悬丝。会前贫女至，掷炸弹殪一部分之德兵始得脱。是日英法联军适大举返攻，德人不支，鼠窜去。于是村复为法有，而此一对多情儿女，遂亦结为鸳侣矣。

（选自《申报·自由谈》1919 年 12 月 16 日第 14 版）

云霞妍唱记

　　老友天壤王郎，是碧云霞的一员新忠臣。上次看了伊的《六月雪》，一会儿想客串刽子手，一会儿又想化身做伊玉腕上的银镣铐，真是风魔得了不得。那夜演的虽是双出，第二出偏又是《士林祭塔》，做那雷峰塔里的白娘娘和《六月雪》中一样的愁眉苦脸，煞是可怜。我本是听歌解闷来的，如今不见伊一丝笑容，反添加了几分闷气，未免有些儿不满意。前晚共舞台的海报上，恰贴着一出《新纺棉花》。天壤王郎便拉了我同去道："来来来，我和你一块儿看碧云霞的笑脸去。"我是无可无不可的，跟着他就走。好容易捱过了《赤壁鏖兵》《乾坤圈》《柴桑口》几出戏，台上便铺了一条碧色的地毯，换上了碧色绣花的桌围椅披。开出幕来，里面的壁幔门帘，也焕然一新，全是碧的私产；当中一只狮子，张牙舞爪地给碧云霞打着旗子。我料知天壤王郎大约又在那里羡慕这狮子了。不多一会，台下一声喝彩，早见碧云霞已轻云出岫般袅袅婷婷地走了出来。一身绣花浅黄缎衣，不裙而裤，着镂花浅灰色皮鞋，横S髻的右面，簪着一朵浅黄宫花，其余钻耳珰、钻指环、钻手钏，也一应俱全，珠光宝气，照映四座。那一二千双眼睛，都注在伊一人身上了。伊一上台，果然就嫣然微笑。先抱着小娃娃，唱了支催眠歌；接着小秃扁上场，隔着门儿应答，碧云霞便莺声呖呖地唱起来了。第一支苏滩《拾垃圾》，苏白十分柔媚；接上去一只东乡调，又换了上海白，甚么"睏在一横头"啊，"同床合被头"啊，一连串不知说了多少"头"字；接唱扬州调、南京调，一声声是销魂之声；以下又有东洋调、西洋调、广东调，花样百出；并且还唱了半出《黑风帕》，放了大喉咙，做起大面的架式来。末后夫妇相见，极尽打情骂俏的能事。台下的许多观客眼望着碧云霞，张开了口，一个个似乎呆住了。末尾小秃扁向碧云霞说道："我台上和你做夫妻，后台去仍旧客客气气。"于是哄堂一笑而散。

（选自《上海画报》1926 年 3 月 10 日第 89 期第 2 版）

云霞会亲记

予前记《碧云霞历史中的一小页》，谓有一婶母者，居吴中，年必来海上，探云霞消息，而今年则未来云云。不意予稿朝刊，而此婶母夕至。吾友天壤王郎固极关心于云霞者也，亟岔息而告予，谓其人实为姨母而非婶母，发斑白，年六十余矣，昨已赴敏体尼荫路之五福里，与云霞晤。云霞虽久饮香名，而绝无倨傲之气，遇其姨母良厚。起居已，立出十金予之，偿其此来之车费，并殷殷留以小住。是夕即与共榻，如兰之气，扑鼻欲醉，媼乐极，不能成寐。翌晨云复力慰之，谓姨母如能多作数日留者，当别辟一室以相处，媼唯唯而已。尤有一事，媼所引为生平得意事者，则云霞家仆隶，悉尊称之为太太。媼平昔太太人，今日乃自为太太，谓非异数而何。

据媼言，云霞食极精，尤嗜鱼翅，每餐必具一簋；鸡鸭之外，必以鱼翅为伴，菜蔬之类则不经见云。媼又言，云霞事其假父甚孝，未尝有闲言，此次出阁之说，甚嚣尘上。对方确允以八万元为代价，而云霞尚踌躇未决，谓愿多作数年红氍毹上之生活，俾得博多金以娱假父之晚景云。

尤有二事可记者：一，云霞每演《新失足恨》，入后台必哭，谓俯仰身世，颇有同情之感云；二，唐少川先生亦颇赏识云霞之艺，尝两度往观，击节叹赏不止。

（选自《上海画报》1926 年 4 月 4 日第 97 期第 2 版）

介绍名剧《少奶奶的扇子》

　　星期六晚上，实验剧社试演名剧《少奶奶的扇子》，曾送我两张券，我忘记道谢，抱歉得很。这晚恰又为了赴徐咏青画师的宴会，没有前去领教，又加上了一倍的抱歉。星期日的早上，老友李常觉赶到我家里来，没口子地赞美《少奶奶的扇子》，说别的戏可以不看，这一出戏不可不看，他预备再看一遍。于是这天午后，我便同着内子凤君，兴兴头头地到陆家浜职工教育馆看去。《少奶奶的扇子》原是英国名戏剧家王尔德氏的杰作，经洪琛君改译，仍不失原书精意。至于演员，无论主角、配角，没一个没有十二分的精神，一言一动，无不得当。自春柳社以后，好多年没见过这样的新剧了。他们所发的说明书上说："诸君看了，觉得不满意，请告诉我们。觉得满意，请告诉旁人。"我因为很满意，特地写这几句，来告诉旁人。好在下星期日和再下一个星期日，日夜一共还有四次表演。爱看真艺术的人，不可不去看一次，倘嫌路远不去，那就可惜了。

（选自《申报·自由谈》1924 年 5 月 5 日第 18 版）

参观《采茶女》影片而后

　　《采茶女》影片，为老友朱瘦菊君手笔，几经推敲，始底于成，盖亦煞费苦心矣。前晚试映于麦根路四十七号百合公司，记者被邀列席，得观全豹。觉其布局之新颖，正如朱君向作小说，处处奇峰突起，深入显出。于小说为不易，而影戏乃能不着痕迹，殊不能不佩此君之思想焉。全片光线充足，取景美丽，演员之表情亦细腻。中国影片，向忽视表情，而是剧乃丝毫不苟，不可谓非中国影戏前途之一大福音也。剧中数出布景壮丽，视舶来影片亦无多让，说明辞句亦庄谐兼备，为中国片中所罕见。出映之日，必受观众热烈之欢迎，可晰言也。现闻夏令配克主人已要求将是片在该院首先开映，日期为九月一、二、三号，则吾人又可一扩眼界矣。

（选自《申报·自由谈》1924 年 9 月 1 日第 8 版）

志新影片《重返故乡》

吾友但杜宇，名画家也，以善写美人闻。比舍丹青而治电影，尤能发抒美感，现诸银幕。其新制《重返故乡》一片，为其聚精会神之杰作。陈义既高，摄法亦美，在国产影片中，允为凤毛麟角。闻此片杜宇自兼编剧、导演、摄影之职，而措之裕如，诚奇才也。

是片描写社会罪恶，深刻已极。作恶之原动者为虚荣，济其恶者为金钱，纵其恶者为溺爱，助其恶者为引诱，为谄媚，而懦弱、色欲、阴险、强权等，无一不为恶推波助澜，造成此恶世界。虽有贞节、诚恳、义侠，亦几莫能挽回，还真返璞，仍在素女之自己觉悟。其立意如此，有益于世道人心不少。

片中主角素女，饰之者为殷明珠女士。数年不见，似稍稍丰腴矣。其表演之精进，远胜《海誓》，即时下号称之电影明星，亦鲜足与之竞。在此片中开始时，绝类曼丽璧克福之《渔家女》。入城后，则颇肖梅茉莉。之二人者，均美国最大之女明星，而明珠女士以一人兼其所长，宜其为中国电影界唯一女明星矣。

全片各演员，除明珠女士外，亦均能发挥尽致，各如其份，无过与不及之弊。字幕之语句，尤为佳妙，冷隽处耐人寻味，滑稽处令人捧腹，严正处令人悚然，而皆寄托深远，含有哲理，允为空前之作。至布景之堂皇幽雅，光线之优美和润，犹其余事耳。

（选自《重返故乡》专号 1925 年 6 月出版）

观俄国灾荒赈济会舞蹈志愤

　　星期日晚上，俄国灾荒赈济会为了赈济俄国灾荒，请俄国跳舞团在浩灵班戏院表演各国舞蹈。承他们好意送了我一张券，因也去观光一下子。前一半所演高加索舞、波兰对舞等，微嫌粗犷，不足引起人的美感。唯有法兰克女士的倦鹅舞，竖趾折腰，随处表现倦鹅的状态，甚为可观。最可厌最可恨的，就是那中日戏剧舞。我生性和平，平日间宁可由人得罪我，我不愿得罪人，但是看了这种侮辱吾国人的舞蹈，就觉怒火中烧，不容不说几句。请大家仔细想想，出场时约一共是八个俄国男女，四个扮中国男子，四个扮日本妇人。扮中国男子的，三个穿淡蓝布短衫裤，一个穿黑布长衫，却都画着鬼脸，头上还拖一根长布条当作辫子。出场后八人怪叫怪舞了一阵，可厌已极。末后那四个扮中国男子的把辫子舞着，忽地伏在地上，那些日本妇人便走上去拖他们的辫子，打他们的头。穿黑布长衫的，还操着中国语，说了声："不要。"于是我们一般较有血气的人，都愤慨起来，同声叱他们进去，他们便怪跳着进去了。到此前半的节目已告结束，我们纷纷议论，想一个出气的办法。那时他们也觉得闹了乱子了，由一个中国干事出来说了几句。同座裴国雄君接口说，应该唤那俄国人一同出来道歉。于是过了一二分钟，伴着那俄国跳舞团主任出来，鞠躬道歉，我们的愤慨才略略平了一些。那时裴君不愿再看后一半的舞蹈，起身先走。稍停，我也走了。回到家里，就作了这一篇，心想西方人和吾们中国国民接触已好久了，近十年来的中国人怎么样，他们总已观察到了，不该再做这种丑态侮辱我们，并且扮出日本妇人来拖辫打头，更把中国国民侮辱到了一百二十分。唉，像这样侮辱我们中国人的，也不但是俄国的跳舞，就是欧美影戏中也往往如此。凡是没有奴性的中国人见了，谁不愤慨。所愿欧美各国的艺术家，以后还须细细考察中国现在的民情风俗，不要再用三四十年前的眼光来瞧我们。我们国内和居留外国的同胞，也该随时留意，不要做出甚么丑态来，落在外国人眼中，由他们尽情地侮辱我们啊。

（选自《申报·自由谈》1922 年 5 月 23 日第 17 版）

剧场陨泪记

近二月来，不知怎的，常觉得郁郁不乐，于是将肝胃病引了起来。一般朋友，都劝我及时行乐，休得自苦。然而我生平行乐的范围极小，除了看看影戏以外，简直是无乐可行。这一回辛酉学社在中央大会堂试演独幕剧四出，我就欣然地去看了。谁知到了那里，劈头看一出《获虎之夜》，偏偏是赚人眼泪的悲剧。我看到受伤的黄大傻，辗转榻上，诉说一片痴情时，我不由得鼻子里酸了。我听了多情的莲姑，在隔室受老父毒打，一声惨呼黄大哥时，我的泪潮中不由得起了波动，竟掉下泪了。唉，我近来炼心成铁，虽曾在影戏院中看过许多哀情的影片，不大容易落泪，这回却被一出《获虎之夜》轻轻地赚了我两行眼泪去了。

要知道我流泪的经过，先看他们所发表的剧情："这幕悲剧发生于湖南长沙东乡仙姑岭旁，猎户魏福生，家道很好，有一个独养女儿莲姑。他不管女儿的意志，已经替伊选了一家门当户对的人家，没有几天就要过门了。近来他的运气很好，连打了两只虎，都抬到城里去请了赏。这一晚他在后山上装了铳（又称抬枪），打算再打一只虎，不抬去请赏，要把皮剥去来，替他的女儿做一床虎皮褥子，添作嫁妆，也显得他猎户人家的本色。他的岳家黄氏，不幸家道中落，接连又是天灾人祸，如今只剩了一个内侄，有些傻气，人家都叫他黄大傻，却是他女儿莲姑小时候青梅竹马两小无猜的伴侣。他们过去的光阴中间，当然有一段很好的罗曼史呢。黄大傻流为乞丐，只是旧情难忘，死也不肯离开仙姑岭。莲姑哭哭啼啼，不肯出嫁，但是父命如山，怎有挽回的余地呢？好了，抬枪响了，又打了一只虎来了（按：此系指误受枪伤的黄大傻）。魏福生还不悔悟，一场大悲剧就演出来了（按：结果黄大傻自刭而死）。"

（选自《上海画报》1926年11月12日第172期第3版）

梅华片片

　　生平崇拜英雄，独数法帝拿破仑与西楚霸王项羽。故平日采辑拿翁轶事与画片、像片特多，其有关拿翁之电影与舞台剧，尤无不以一睹为快。往岁改编法兰西名剧《浣衣妇》（*Madame Sans-Gene*），揭橥曰《拿破仑趣史》，演之新舞台，亦此物此志也。顾吾国舞台上讴歌西楚霸王之剧，前此殊未之见，（按：愚观旧剧甚少，不知亦有此类剧否。）洎梅畹华与杨小楼合演之《霸王别姬》出，遂万口争道，声闻天下。而霸王慷慨悲歌，与夫虞姬宛转哀啼之概，遂借梅杨而活跃于红氍毹上焉。此次畹华南来，所演名剧綦夥，而《霸王别姬》一剧，排演独多，虽易杨小楼为金小山，艺事少差，顾其号召力未尝减也。吾友朱瘦菊、陆洁，为大中华百合公司摄制古装片《美人计》，筹备甚力，并提议及于后来续制之片。愚亟以《霸王别姬》之说进，因《霸王别姬》而联想及于梅畹华，偶以语赵子叔雍，赵为转言于梅，梅颇首肯。畴昔之夕，朱陆等因宴之于大加利餐社，梅惠然肯来，而袁寒云兄与黄秋岳、文公达、赵叔雍诸子亦与焉。是夕梅来特早，畅谈至快，梅谓中国电影事业，已极发达，前途颇可乐观。以古装剧映之银幕，自足以发扬国光，服装布景，无论如何富丽，如何伟大，皆不难措置。唯表情台步二端，迥异于舞台上所演者，尚须加以充分之研究耳。《霸王别姬》，自有摄制影片之价值，容徐图之。及九时许，合摄一影，梅不畏镁光，态度良佳。摄已，遂兴辞去，盖是夕大新须演《宝莲灯》《蚍蜉庙》二剧，上场较早。梅在《蚍蜉庙》中反串黄天霸一角，不知此英风飒爽之英雄，虎虎登场时，亦带有脂粉气否。大加利有名厨，治肴甚美，而梅所进不多，于冷盆中仅取英腿一事，酒亦屏绝，以葡萄汁为代。席次肴核纷呈，少尝即止，其食量之窄，殆无异于巾帼中人也。

（选自《上海画报》1926 年 12 月 27 日第 187 期第 3 版）

西方情书中的称呼

现代的一般青年男女，写情书要算是拿手戏了。每天上正不知有多少甜甜蜜蜜的玉珰缄札，在邮筒中经过，而由那救苦救难的绿衣使者，递到双方有情人的手中，作精神上的慰安品。然而这些情书中的称呼，大都稀松平常，无非是吾爱、爱人、亲爱者或哥哥、妹妹罢了。哪里及得来西方情书中那么推陈出新，别开生面。最近我在一本伦敦文艺周刊中，见了俄国大小说家柴霍甫氏①（A. P. Chekhov）寄与他爱妻的几封情书。那周刊记者也惯使狡狯，故意在他情书中对于爱妻的种种称呼立了一张表，引起读者的注意。其表如下：

我的蛇，我灵魂上的鳄鱼，我甜蜜的小狗，我神奇的狗，我亲爱的虫，我甜蜜的鹅，我的鹦鹉，我的鸽子，我的鸟，我的白鹭，我的小鸠，我亲爱的小马，我的杂种动物，我的小甲虫，我的鲈鱼，我的金鱼，我的小蚋，我亲爱的小红雀，我亲爱的金鱼，我的小蛙，我的小火鸡，我的龈鼠，我亲爱的小鲸鱼。

读了这表，几乎当作是动物院中的一张清单。谁也没料到却是俄国大小说家对于他爱妻的称呼啊。柴霍甫氏的短篇小说很著名，在我国不少译作。他的夫人名邬尔珈（Olga）是莫斯科的名女伶，艺和貌都很不凡。如今柴氏早已去世，夫人却还健在。

（选自《上海画报》1926年4月16日第101期第2版）

---

① 即契诃夫。

情书话

    情书者，男女间写心抒怀而用以通情愫者也。在道学家见之，必斥为非礼，不衷于正。然世界中弥天际地，不外一情字，非情不能成世界，非情不能造人类。人寿百年，情寿无疆，纵至世界末日，人类灭绝，而此所谓情者，尚飘荡于六合八荒之间。英国莎士比亚有言：人时时死，虫食其身，而情则不然。是亦足见情之不可磨灭矣。情书之作，所以表情也，其性情中人而善用其情者，每能作缠绵朏挚之情书，而出以清俊韵逸之辞。故欧美人士，咸目为一种美术的文学，一编甫出，几有家弦户诵之概。贱子少好读书，旁及稗官杂作，所见中外名人之情书，不止一二，披览所及，心弦为动，龚定庵所谓心灵之香、神明之媚者，吾于情书中得之焉。爰仿诗话、词话之例，作情书话。若夫今世浪子荡女，才解涂鸦，竞为淫奔之辞者，则吾不欲见之，亦不欲言之矣。

情书云者，非专谓情人间之通函也。即夫妇或未婚夫妇间尺素往还，亦为情书。吾国情书作手，要推司马相如、卓文君、徐淑、秦嘉，虽着墨不多，而词隽语永，不可方物。后有明人王百谷，亦个中健者，所为小简，致秦淮马湘兰，致复可诵。其在欧美，则粗豪如拿破仑，偏能作靡靡之音，即在戎马倥偬中，恒以情书寄约瑟芬，前后所作，多至百余。嚣俄[①]为诗人小说家，文采风流，一时无两，其致未婚妻阿玳儿福叶（Adele Foucher）书，凡百二十通，传诵世界。别有所眷曰意丽爱杜露伊

（Juliette Drouet），悦嚣俄垂五十年，所作情书一万五千通，其情意绵密处，不亚嚣俄。此外一代奇杰如华盛顿、奈尔逊、俾斯麦，亦能抒写情怀，至今一鳞一爪，为世珍视。英雄之心，与美人之意，借此三寸蛮笺，相与胶合，壮概柔情，同足千古矣。

　　情书之作，开端必有称呼，男致女者，率曰某某爱卿或某某爱姊、某某爱妹，亦有但用芳名中之一字，曰某卿、某姊、某妹者。其下则缀以如吻、如握、爱鉴、青睐、青盼等字。女致男者，用郎哥弟等称，大致相同。然此亦指近人之情书言也，古人情书，则开端多无称呼，所谓不着一字，尽得风流者。如吻二字极新，不知何人所创，鄙意以爱鉴二字为佳，至如握、青睐、青盼等等，则不专用于情书，朋辈通札亦用之。欧美情书，颇以称呼为重，新颖怪特，别创一格，尤以男致女者为甚。而其腻密热挚者，殊尤异玉镜台畔低唤小名时也。夫称妇有曰"吾挚意之小香肠"者，有曰"吾之小菜子"者，有曰"吾之小狸奴""吾之小豕"者，读之令人失笑。其称情人或未婚妻，各有不同，要以善体女之好恶而定之。如喜鸟则称之曰"吾天堂中之仙鸟"，如喜言王家则称之曰"吾心中之王后"，如喜咏诗，则直袭古诗中恒见之语，称之曰"予美"，曰"吾之美女郎"。其字之缀法，亦宜用诗中之古文，如喜治天文学，则宜以星月媚之，称之曰"吾世界中之明月"，曰"吾灵魂中之明星"。如喜啖果，则宜称之曰"吾眼中之苹果"（按：别又作眸子解），曰"吾美好之小梅子"。如其玉体少肥，则宜称之曰"吾之小鹂鸪"，讳其肥也。如偃瘦，则宜称之曰"挺秀之百合花茎"，美其瘦也。以上诸称，都含诗意，固足令所爱者见之色喜。如但用挚爱之玛丽、挚爱之安痕等称，在善作情书目为平淡无奇，仍落寻常窠臼矣。然此等称呼，固适用于欧美，而用之吾中国之情书中，则终觉其弗称。人见之，未有不哗笑者。南人言酥酪如盐豉，北人谓荔枝似杨梅，天下之大，人各有见，正不必强同也。

秦嘉、徐淑书，情文俱妙，且出之夫妇之间，尤情书中之正者。嘉字士会，陇西人，为郡掾远行，妻徐淑，病不能从，嘉以诗赠别，并媵一书有"知尔所苦，尚未有瘳，想念恻恻，劳心无已。当涉远路，趋走飞尘，匪知所慕，惨惨少乐"诸语，中怀惜别之情，溢于辞表。

淑答书中有"室迩人遐，我劳如何。深谷透迤，而君是涉。高山岩岩，而君是越，斯亦难矣。长路悠悠，而君是践，冰霜惨冽，而君是履。身非形影，何得动而辄俱。体非比目，何得动而不离。于是诵萱草之咏，以消两家之思，割今者之恨，以待将来之欢"诸语。先写行役苦况，深致怜惜，其后故作旷达语，用以自慰。下笔时一寸芳心，正不知有几多折叠矣。嘉抵任后，作书归寄，以明镜、宝钗、芳香、素琴为赠，略谓镜可鉴形，钗可耀首，香可馥身，琴可悦耳。意盖借之数物，用慰闺中人离索之苦也。淑答书致谢，其后半云："揽镜执钗，情想仿佛，操琴咏诗，思心成结。敕以芳香馥身，喻以明镜鉴形，此言过矣，未获吾心也。昔诗人有飞蓬之感，婕妤有谁荣之叹，素琴之作，当须君归明镜之鉴，当待君还，未奉光仪，则宝钗不列也。未侍帷帐，则芳香不发也。"意致绵邈，情绪如揭。读此书，如见楼头思妇，凝妆望远时矣。

拿破仑暗呜叱咤，纵横欧洲二十年。铁骑所至，当者胆落。夫人而知其为粗豪人也，然粗豪如西楚霸王，尚能于四面楚歌中怜香惜玉，作虞兮之唱，则拿破仑之善为情书，正不足怪耳。予尝由英国滕德书肆中购得拿破仑情书一巨帙，盖专寄约瑟芬者。其作第一通也，在被任为出征意大利大军统将时，尚未与约瑟芬结褵，词旨热烈，似揭其心坎中之深情，一一倾注其间。其最后一语曰："吾欢，请纳吾一千之接吻，特汝勿还吻，将令吾血脉中沸也。"此时期中，得书凡八，为时凡四阅月。戎马倥偬中，恒能发其绵密之情思，草情书以寄所爱。其后征奥时期，得三十通，虽多简赅不逾十行，而情至之语，有触即发，似不可遏抑者。迨登极后，征普鲁士，征俄罗斯，征西班牙，再征意大利，情书之由前敌达宫中者，仍不绝于道，前后计得一百六十通。拿破仑之爱约瑟芬也，以此时期为最。每一书后，恒附语寄以接吻，有云吾以一千热吻亲尔曼睟，亲尔香唇，亲尔妙舌，亲尔芳心者；有云吾以数百万吻寄尔，并及尔狗者。其最恳挚者则云："吾不日且归，当拥于臂间，以一百万之热吻亲尔，其热度之高，如在热带下也。"综计二百书中，末附"寄尔以一千吻"一语者，凡二十见。附有"寄尔以一百万吻"一语者，凡五见。此时之拿破仑，身虽在药云弹雨之中，而寸心跃跃，实时作甘隶妆台伺眼波之想也。一千八百零九年，拿为各方面情势所迫，不得不与约瑟芬离婚，而情深一往，初不以是少变。离婚后，先后作书四十通，寄约瑟芬，加以温慰，行墨间且含歉意。约瑟芬见之，遂益肠断矣。其情书佳者极夥，予尝译其出征意大利时归寄一书中警句云："别尔而后，吾实无时弗悲，惟有偎近尔侧，始为吾唯一之至乐。吾今思尔不已，思尔芳吻，思尔香泪，并思尔含媚之妒意，盖吾神奇之约瑟芬，直于吾心坎中、觉官中燃一熊熊之活火矣。"似此缠绵细腻之文字，颇含诗意，几令人不信其为莽英雄手笔也。

约瑟芬既见弃于拿破仑，屏居卖梅村离宫中。花晨月夕，辄复泪零，秋风团扇之悲，固有不能自已者。拿破仑谂其情，恒作书慰之，颇于行墨间致其情款，时则尚未与奥公主结褵也。自一千八百零九年十二月始，至一千八百十二年六月止，拿破仑玉珰缄札之达约瑟芬玉镜台畔者，凡三十有九通。开端仍称吾爱，无变其故，惟书末则不复作"寄君以百万吻千万吻"之语，但曰"愿君珍重""愿君好睡"而已。而每书之中，必力言其情爱之未变，以慰约瑟芬。实则手造此一页泪痕狼藉之惨史，亦终不能脱薄幸郎之谥法耳。约瑟芬复书，曾见两通，一因不得拿破仑书，写其哀怨，语气间微挟怒意；其二则因拿书至而作此以表谢忱也，肠断心碎之余，尚能作婉约语，诚不愧为情种，不愧为情书作手矣。其书曰："承君相忆，感谢至于万状，吾子（按：即前夫之子字叶纳）适来此，赍君手札，吾心乃跃跃然，急欲一读。而读之久久，耗时滋多，盖此书中，实无一语不令吾掩袂泣下也。特此眼泪殊温磨，不因悲怆而发，即吾寸碎之心，亦立复其旧，后当永永无变，盖吾之情感，直与吾生同其寿命。迨吾天年既尽，则此情感或亦随以俱去耳。十九日一书，致君弗悦，吾心弥复歉歉。书中何语，今已不能省忆，然当着笔之时，意颇哀怨，实以不得君耗之故。忆吾去卖梅村日，尝有一书奉寄，后亦屡欲寄君以书，顾以君既靳不吾答，殊弗敢孟浪出之。今君此书，绝类镇痛之灵剂，足以祛吾楚痛。吾今掬此愚诚，祝君忻悦，因君今日亦令吾忻悦矣。须知君之示吾以不忘，实为吾至可宝贵之事。别矣吾爱，吾今婉婉谢君，其诚挚之度，亦如吾平昔之爱君也。约瑟芬。"读此书，能令人去其愤薄不平之气，班婕妤作《怨歌行》，多见其量窄而已。

（选自《紫罗兰》1927年7月13日第2卷第13号）

黎明晖的照相册

　　上海的电影明星，差不多和天上的星斗一样多了，真个是数也数不清。但我在那许多明星之中，最赏识的要算是黎明晖。因为我平日爱看美国曼丽毕克馥的影片；而明晖的艺术，就有几分像曼丽毕克馥处。说伊是我们中国未来的曼丽毕克馥，也未尝不可啊。明晖的成绩，在《战功》与《小厂主》中已可概见，而在《透明的上海》中，更见得有突飞的进步了。

明晖爱拍照，一时代有一时代的照片。在当年表演《葡萄仙子》歌剧时，就一幕幕拍成了许多照片。自投身入了电影界，差不多天天与摄影机为缘，照片也益发多了。宝记的玻璃窗中，常见伊那娇小玲珑的倩影，掬着浅笑，供街中行人们的欣赏。上海有一半人，因此也认识黎明晖了。大中华百合公司的导演陆洁，是电影界最初发现黎明晖的人，也正像哥伦布发现新大陆一样。因此明晖很有知己之感，每拍一张新照片，总得送一张给陆洁。连十多年来自幼至长的照片，也送给他。陆洁很高兴，特地办了一本照相册，一张张地粘贴起来，竟成了厚厚的一册。有几张连明晖自己都没有了，因此这一本黎明晖的照相册，甚是名贵。但也为了太名贵之故，可就不能长为陆洁所有。去年的年底，这照相册竟从陆洁的办事室中，不翼而飞了。陆洁如失至宝，懊丧已极，侦查了好久，兀自没有踪影。听说已悬了巨赏，要探知这照相册的下落。世无福尔摩斯，不知道究能珠还合浦么？

（选自《上海画报》1926 年 4 月 7 日第 98 期第 2 版）

黎明晖的照相册

琴雪芳的回忆

去今约七八年前，在下所编的《先施乐园报》上，变做了一爿大战场。双方拼命厮杀，各不相下。作战的主因，只为了大世界乾坤大剧场中一个女伶马金凤。老友刘亚庐、达纾庵诸君，都效忠拥马，而偏有一位曾梦醒君，单枪匹马，独树反马之帜。于是空前的大笔战开场了，兵连祸结，足足有一个多月。笔战的文字，足足有十万字左右。助战的，调停的，在一旁说冷话的，一共有十多人，弄得在下头痛极了。末了有人劝告双方息战，吃和气茶，而达大将军也厮杀得倦了，方始鸣金收兵。那时这位马金凤姑娘，在大世界只有几十块钱的包银，真个默默无闻，而捧她场的，却着实不少。亚庐先生更是此中健将，他称赞金凤的《贵妃醉酒》，说是有许多好处，而最好的却是在高力士进酒的时候，贵妃问是"甚么酒"，高说"通宵酒"，时下的伶工，一定说"呀呀啐"，用手一指，微微一笑，再说"哪个同你通宵"，真有些不合戏情。要晓得那时候贵妃又没有吃醉，哪得这样的淫浪呢。金凤将"哪个同你通宵"一句，改作"甚么叫作通宵酒"，说时，脸色微红，娇羞中带着怒意，真亏她能如此体贴戏情。以后求欢一场，做过就算过去，不像别人偏要刻意描摹，至失贵妃身份的。当时又有人记金凤的苦况，说她劳力所得，须得奉养老母，有许多行头，她都没有。有一天她唱《浣花溪》，改装后例穿一件半臂，作丫环的样儿。换的时候，只要在台上换好了。金凤忽然跑进后台去了，好久没见出来，敲小锣的朋友，足足敲了二十下，才见她慢慢地跑出来。那半臂却仍是没有穿，只卸去了一条裙子，束了一条白带，一双眼红红的，似乎已哭过了。原来金凤她自己是没有半臂的，这天未唱之前，曾向某坤伶告借，已蒙答应了。只因金凤演的是大轴子，某坤伶不耐烦老等，先自走了，临走也没有交代管箱的人，就替她锁了起来。金凤要那人开了借给她，那人竟是不允，金凤又急又羞，所以哭了。自这件事披露以后，大家都表同情于金凤，非常的怜惜她。这样不知过了多少时候，马金凤脱离了大世界，不知所往。后来北京、天津的舞台上，却出现了一颗明星，叫作琴雪芳，名公、贵人，都捧场纷纷。而以前大总统黎黄陂为尤热心，于是琴雪芳的大名，轰动了全国。这琴雪芳是谁，原来就是那位七八年前默默无闻的马金凤。琴雪芳的艺术如何，我不知道，就这奋发有为的精神，已大足使人佩服了。

（选自《上海画报》1927年4月15日第223期第3版）

梅华消息

梅畹华款段南下，轰动一时，梅兰芳三字，几成为人人之口头禅。戚友相见，辄欢然相问曰，已看过梅兰芳未？一若看梅兰芳为当务之急者。于是此门前冷落车马稀之大新舞台，一变而为从来未有之热闹场。华灯初上，四座已满，每晚卖座所入，平均为五千元，只须十日，便足抵此次四十日之包银。观众欢迎之热烈，于此可知，梅真天之骄子哉。

美国人颇迷梅，前此尝屡有延梅出演彼邦之讯，徒以海天迢递，卒卒未果。近有纽约某报主笔史蒂伯氏者来函，谓梅如有意游美，彼当设法请之柯立芝总统，在白宫设宴欢迎，遇以上宾之礼。据吾友珍重阁主言，梅赴美时，拟不受任何剧场之聘，自备资斧，在彼邦诸名城中轮流演剧，每座售五金元、二十金元，亦不为贵。预料此行所获，必有可观，是亦挽回利权之一道也。

《申报》总主笔陈冷血先生向与剧场无缘，而此次梅来，亦拟拨冗往观，特点《黛玉葬花》《天女散花》二折，可谓异数。愚生平不知剧，足迹鲜履剧场，而每值梅来，则必一娱视听。犹忆前此观其与杨小楼合演《霸王别姬》一折，英雄儿女，活跃于红氍毹上，为之拍案叫绝。今梅来而杨不来，益令吾想望不置。

大东书局拟出新笺一种，曰"大东笺"，由愚与骆子无涯函梅题端。时梅初抵沪渎，行装甫卸，即伸纸染翰，为书横、直二种。厥书如美女簪花，妩媚绝伦，一钤缀玉轩章，一钤梅兰芳草，又为拙编之《紫罗兰》杂志题"紫罗兰"三字，将供第二卷封面之用，殊足为吾志生色也。

（选自《上海画报》1926年11月27日第177期第3版）

记狼虎会

去岁，与天虚我生、钝根、独鹤、常觉、小蝶、丁悚、小巢诸子组一聚餐会，锡以嘉名曰：狼虎。盖谓与会者须狼吞虎咽，不以为谦相尚。而人人之中以体态作比，适得狼四，而虎亦四也。

某次，予特邀前《小说月报》社长王子莼农与会时，王子方婴小报，以书来谢，颇隽妙可诵。录之，亦吾狼虎会中一点缀品也。书云："蕴湿伏暑，再愈再发，傫然，此身大类秋后疏桐，霜前衰柳，药难医庸，棋输于乱，天下事大抵如此，可发一叹。昨馆人来传示手札，知辱宠抬，弟方偃卧，龙须八尺，静听床下牛马斗，安能强执鞭，弥从公等为座上狼虎嚼乎？敢告从者，请以异日。倚枕率谢，不宣。”以“牛马斗”对“狼虎嚼”，妙语解颐。斯会一星期一举行，食必盈腹，笑辄迸泪鞅掌。六日得一日欢，无异进一服大补剂也。后加入者有江小鹣、杨清磬。两画师擅丝竹、善歌唱，亦吾党俊人。

某日，狼虎会同人集予庐，并予凡十人。饮宴尽欢，酒酣耳热，时江小鹣高歌上天台，铿锵动听；杨清磬与陈小蝶合演南词《断桥》，既毕，杨复戏效“蒋五娘殉情十叹”，自拉弦索，小蝶吹笙，予击脚炉盖和之，一座哗笑。天虚我生即席赋诗，寄拜花余杭（拜花，吾宗，隐居于杭，亦酒阵诗场中一健将也），诗前系小序云：

> 于休沐之日每一小集酌，惟玄酒朋，皆素心。而常与斯集者，有钝根、独鹤之冷隽，常觉、瘦鹃之诙谐，丁、姚二子工于丹青，江、杨两君乃善丝竹。往往一言脱吻，众座捧腹，一簋甫陈，众箸已

举，坐无不笑之人，案少生还之馔。高吟珊珊，宗郎之神采珊然；击筑呜呜，酒兵之旌旗可想。诚开竹林之生面，亦兰亭之别裁也。安得拜花能来共之，戏成数诗，聊记当时光景。

诗云："温文儒雅亦吾师，笑洒登坛酒一卮。更有千花陪入座，马融经帐是蛾眉。""笑向春风拜绮筵，翩翩白袷胜从前。阿咸语此乃公隽，输与词曹十五年（瘦鹃平日恂恂，而一至即席，则诙谐绝倒）。""入座青衫沉瘦腰，十五郎署旧词曹。闲愁欲说南都事，先唱秦淮旧板桥（江小鹣能唱青衫，尤工《彩楼》诸出）。""隔座眈眈大有人，冰盘银碗荐新苹。明知不是先生撰，分与杯羹赠茂秦（座皆饕餮，悉有狼虎之号，予箸短，乃往往不能得食）。""慷慨淋漓意不平，一声牙板座人惊。年时若著饕人传，先画评书柳敬亭（杨清磬能评话，尤善南词，一言发吻，座无不笑）。""绿堂调烛夜深时，高咏情怀两可知。银粉盒中名士句，罗罗烛畔女郎诗。""不是旗亭赌唱诗，无人能识定公姿。只求自解心头热，何必玲珑唱我辞。"清俊婉约，为狼虎会生色不少。

予平居讷涩少言，而每遇与会诸故人，则喜于口舌上行小慧，用博笑噱。第二绝多溢美语，不敢承也。第四绝中，先生以箸短为言，绝非事实。箸固一律，身手或有不同，非短于箸，恐短于视耳。然每陈一簋，亦恒能夹取一二块以去，且同人皆不善酒，先生独豪饮，则菜肴上虽小受损失，此固大占便宜矣。一笑！

（选自《紫罗兰集》下册 1922 年 5 月 10 日上海大东书局初版）

狂欢三日记

崇奉罗马教诸国，在大斋前的一星期，士女们饮宴歌舞，举国若狂，叫作狂欢节（Carnival）。"大中华民国"十三年元旦日，南门民立中学举行二十周年纪念大会，也是饮宴歌舞，盛极一时。我原是民立中学十二年前的学生，因此也躬与其盛。这三天中，凡是民立中学的学生啊，校友啊，教职员啊，与民立中学有关系的人，人人都欢天喜地。便是我这百忙之身，也腾出三天工夫来凑热闹，并且把我的沉郁之心打开了，居然也欢欣鼓舞起来。总之这三天实是民立中学的狂欢节，所以我这篇记，就叫作《狂欢三日记》。

这一次纪念大会，老友李常觉（他是校中的数学教授）是游艺主任，他规画一切，煞费苦心。此外吴志青、陆澹盦、顾旭初诸君也出力不少，总其成的便是校长苏颖杰先生。他们费了一个多月的心力，才换得这三日的狂欢。凡是在这三日中身心愉快，觉得一扫积闷的，都应当感激他们。

纪念会的节目，因为四个半天、两个晚上各各不同，所以也用六种入览券。红、黄、蓝、白、绿、粉红这六样颜色，往来我们手指之间，仿佛天半彩虹，十分美丽。我一共得了四五十张，剩下来的已给我家小鹃收藏起来，作为纪念品咧。

表演游艺的场所有两处，一在体育室，一在同门厅，都布置得富丽堂皇，很有可观。元旦上午在运动场中举行开幕礼式，约翰大学卜校长夫妇和沈县长都来观礼，并有演说。此外便是校长报告，教职员演说，学生合唱国歌、校歌。最特别的，便是我们校友会特派代表蒋君毅君奖给师长大银盾三座。得奖者苏校长和担任二十年英文教授的仇蓉秋先生，担任十多年国文教授的孙经笙先生。苏校长见了他银盾上刻着的"岂止三千人"五字，微微含笑。

午后我只为参与了《电光》杂志范春生君的宴会和毕倚虹君的婚礼，没有看澹庵所编的新剧《循环的离婚》。据好多人说，编得好，演得也好。前后共十幕，情节说明如下（本刊卷首有本剧摄影）：

男生王叔文与女生李曼英相恋爱，订嫁娶之约。曼英以语其父李毅厂，毅厂戒勿操切。曼英不听，结婚后，始尚相得。已而叔文又与女生胡竞雄者昵，迫曼英离婚。曼英归告毅厂，毅厂趣诺之。离婚之日，曼英悲不自胜，而叔文则夷然自若。越日，遂与胡竞雄结婚。竞雄素放浪豪奢，广交游，奴视其夫，稍不如意，辄肆诟谇。叔文渐苦之，已而竞雄又昵少年潘璧人，益与叔文不协，自请离异。叔文不得已，诺之，乃往律师处毁约，不意律师即李毅厂也。叔文大惭，竞雄则与潘璧人挽臂至，签字离婚，坦然无依恋。叔文念往事，悔恨交并，时潘璧人忽翩然入内，比出，已改女装，则李曼英也。叔文大骇异，愧恧无地，曼英历数二人之寡情，痛斥之。始知曼英之改装诱竞雄，皆毅厂策也。竞雄既悟曼英为女，求与叔文复合，叔文叱逐之，并向曼英长跽谢过，自投无数。毅厂从旁为缓颊，曼英怒稍霁，遂为夫妇如初。

晚上七点半钟，同门厅中雅乐徐奏，华灯齐明。表演的节目共四种：（一）母校学生的丝竹；（二）来宾陈道中、吴桐初二君的三弦拉戏，抑扬抗坠，各极其妙，足为我国的音乐吐气不少；（三）我的新说书《长春液》；（四）昆剧，有来宾江紫来君、校友王汝嘉君的《照镜》，校友袁沤波、袁卧雪二君的《扫花》，来宾俞振飞君、校友袁沤波君的《佳期》，又有来宾张君等的《议剑献剑》，徐君等的《问探》等。都是斫轮老手，珠联璧合，《照镜》诙谐，《扫花》高逸，《佳期》雅艳，《议剑献剑》老练，《问探》矫健。这一晚的昆剧，当真是红氍毹上一时的精华了。（按：此事全由王汝嘉君调度，可谓劳苦功高。）我的新说书，那真是一件胆大妄为的事，和八九年前在新民社客串《血手印》，同王无恐、凌怜影等登台合演一样的出人意料之外。这晚我在登台以前的十分钟，就着绣帘的罅儿向外张望，只见弥望都是人头人面，足有一千多个，心中兀自别别别的乱跳，慌张得甚么似的。直到登场时，我那两只脚把我搬到了台口，猛听得一阵拍手之声。说也奇怪，顿时把我的胆拍大了，居然有条不紊地说完了一篇开场白。那最使我心胆俱壮的，因为有一张极厮熟的面庞，正在那里向着我微笑。我随身所带的，有大响木一个、假面具一个、扇子一柄，登有拙作《长春液》的《游戏世界》第二期一本。说时我的声音虽已提得很高，总还不能使一千多人人人听得，这是我很抱歉的。我正说到了一半，后台那个扮《扫花》中吕洞宾的袁卧雪君，因为头痛欲裂，找不到铁拐李葫芦里的药，便在纸条上写了"从速"二字，着人放在我桌子上。我一看这二字，心中不觉一慌，只索除去小穿插，赶快说完，套上假面具下台了。前辈天虚我生、天台山农二先生，同学蒋保釐、蒋君毅、白云汀诸君都在台下，第二天山农先生写一封信给我，说"昨晚说书甚佳，是亦可以夺吴玉孙之饭碗也，可怕可怕"，我看了不觉笑起来，暗想吴玉孙早已抛掉饭碗做达克透去了，还用我去夺么。过了几天，王汝嘉君在《新闻报·快活林》中作了一篇《记周瘦鹃之新说书》捧我，且转录下来，给《半月》读者肉麻一下子：

　　阳历元旦，沪南民立中学校举行廿周年纪念大会。周瘦鹃君亦为该校校友，是晚在同门厅内表演新说书《长春液》。此书为瘦鹃旧作，情节系述一年逾四十五岁之人，因眷一女郎年仅二十许，自顾年齿相差太远，忽见报载有医学博士，新发明一种长春液，力能返老还童，乃往求博士减去廿岁。及施术后，果然身强十倍，面目如画，宛如二十余之美少年。乃复往女郎处求婚，讵女郎仍因其年岁尚差五岁，嘱其再求博士减去五岁。孰知博士误听减去五岁为减剩五岁，于是二十余之美少年，竟一变而为五岁之孩童，一切行动，亦改常度，行则踪跳，食则狼藉满桌，竟不能举箸。以是弄巧成拙，婚姻终未成云。登台时瘦鹃戴皮帽，架墨镜，袖出

一纱制滑稽假面具，谓如说得不好，只得戴假面具
而逃。言时，以手作势，于是哄堂大笑。瘦鹃平日
见人颇腼腆，是晚登台，竟口若悬河，滔滔不绝，
姿势工架，极为活泼。又手执硕大无朋之响木，频
击案桌，一种说书神情，虽叶声扬见之（不知也是
娥见之何如）亦当退避三舍也。归后无俚，濡笔
记之。

　　王君所记，与我《长春液》原作略有出入，大概情
形，确是如此。末尾"不知也是娥见之何如"一句，一
定是独鹤加注的。此君狡狯，常喜和我开玩笑，我倒也
奈何他不得。

　　这一天日夜表演的游艺，除了以上几项外，更有幻
术、西剧、京剧、跳舞、双簧、空中拉戏、梵铃钢琴合
奏等，真个五花八门，美备极了。可惜我不能化身为二，
既到体育室，又在同门厅呢。

　　第二天上午举行运动会，有审美操、优秀操、拳
术、游艺操、双人徒手、新徒手、柔软操、模仿操、武
术诸节目，我因为前一天忙得乏力了，休息半天，没有

去看。午后体育室中表演我所编的新剧《恩怨了了》，此剧根据《紫兰花片》第十六集中《记马孝子事》一篇，略为变动，编成八幕，由李常觉导演。仗着常觉的循循善诱和诸演员的聪明，备受观众的赞美。我在台上值场，看得更为仔细，宗浚的卖饼叟，凤庠的珊儿，善鸣的黄三，梦梅的桂儿，宗伯的狱卒，都是不可多得之才，我很为佩服。全剧情节说明如下（本刊卷首有本剧摄影）：

贫民马义，为富豪黄金谷所杀。义子珊儿稍长，悉其事，誓为父复仇。珊儿业小负贩，事母以孝。一夕，邻家火，毁珊儿之居，母亦旋卒。茫然无所归，有卖饼叟怜之，留居其家，叟女桂儿，颇倾心焉。已而叟介珊儿于村塾师某，使供奔走，珊儿日挟利刃出，伺仇于途。一日遇黄金谷郊外，疾起刺之，黄未殊。其仆有黄三者，素憾黄，即拔刀杀之。珊儿为警吏所获，供杀人不讳，下狱判死刑。桂儿知之大戚，泣诉于父，愿以身代。乃设入狱中，以迷药杂酒饮珊儿，与之易衣，使叟扶出。诘旦，桂且就刑，珊忽醒而驰至，力与桂争死。正相持间，黄三亦踵至，自承为杀人正凶。语已，即抽刀自到。三既死，桂因得释，叟遂以桂儿妻珊儿云。

过了几天，《申报》、《金刚钻》报，都有评论。转录一则如下：

民立中学二十周纪念会第二日，学生所演之新剧，名《恩怨了了》，为周瘦鹃君所编，兹将剧中诸角色，逐一评之于后：

凤庠饰珊儿，睹仇哭墓诸幕，声泪俱下，台下观者，莫不凄然堕泪。此君擅长悲剧，生旦俱佳，在众演员中，自当首屈一指。梦梅饰桂儿，苗条娇憨，恰合小家碧玉身分，哭墓易囚几场，演来一往情深，令人叹绝。宗浚饰卖饼叟，老态龙钟，表白周到，谋代一幕，描摹父母之爱子女，尤觉入微。善鸣饰黄三，神采奕奕，有义侠气，刑场一幕，最为出色，言语慷慨激昂，观者咸为动容。锡良饰秦氏，扮相甚佳，惜发音稍低，致所言不能尽闻。桂笙饰黄金谷，此君身材硕大，高视阔步，极像一为富不仁之土豪。睹仇一幕，与凤庠搭配，一正一反，相得益彰。老桐饰塾师，咬文嚼字，满口之乎者也，形态迂腐，为之捧腹。宗伯之狱卒，亦足令人发噱。闻此剧并无脚本，以前仅练过一次，而有如是之成绩，洵不易也。

这一次校友也有新剧表演，共有三出：一、顾肯夫君所编独幕剧《瘟牛》；二、隐园君所编正剧《水落石出》；三、《家庭恩怨记》。演员有肯夫、汝嘉、隐园、祖荫、慎声、天梅、志良诸君，都有好几年的舞台经验，说白表情，都能体贴入微。这晚体育室中拍手赞美之声，几乎震破了屋瓦。《瘟牛》我没有看，据常觉说，突梯滑稽，极受座客欢迎。《水落石出》和《家庭恩怨记》都看了半出，十分满意，《家庭恩怨记》妓院一幕，有京腔，有小调，有昆曲，有三弦拉戏，那时我正在后台，见善鸣串嫖客，宗浚串鸨母，这二位的双簧，大大的有名，可惜没有听过，因此撺掇他们试一下子。授了一方大石砚过去，权当响木，他们俩便一搭一挡地演了起来，说的是乡下老婆婆白相新世界。善鸣的一口浦东白和宗浚的一副怪态，不知笑痛了多少人的肚子，笑出多少人眼泪来。《水落石出》一剧共四幕，演员都有特殊的精神，情节说明如下：

路政司长黄鹏志，钟情于殷伯华之表妹张怜影。伯华亦爱怜影，视鹏志为情敌，而伯华之妹殷蕴华，则有情于鹏志，以鹏志之爱怜影也，心甚妒嫉。曾有某国人者，觊觎某路，运动鹏志，订立草约，鹏志峻拒之。伯华潜与其妹谋，假冒鹏志之名，与某国人签字订约。约既成，即举而告之怜影，指鹏志为卖国贼，怜影遂与鹏志绝。鹏志忿恨致疾，延催眠术士治之。会伯华兄妹来视疾，术士以术施之，二人皆吐实，鹏志之冤得白。而某国人处之草约，亦被其仆德忠盗回，鹏志与怜影乃复合云。

这一天的表演除了以上几个外，另有丝竹评话京剧《新戏迷传》，滑稽剧《术士》等。最受人注意的，有校友郑正秋君的《黄老大说梦》，这是他独演的杰作，阐发爱国之义，无微不至。又有久记社的京剧《捉放曹》《梅龙镇》《李陵碑》，那也不用说是一等一的好戏了。最特别的有小学生的双簧和幻术，他们的年纪都不过十三四岁，表演时却老练得很。

第三天上午没有表演，下午倒串新剧，外加别种游艺，专给本校学生看的。晚上便是举行宴会和提灯大会，因为这天除了民立中学二十周年纪念外，又连带庆祝苏校长的五十大庆。广场中有提线戏，钲鼓铿鎝，演全本《狸猫换太子》。又有桑栋臣的焰火，最可观是一株火树银花，光明灿烂，耀得人眼都花了。至于提灯大会，实在是这一天最重大的事件。我们校友先预备了一条大龙灯，共分十九节，每一节代表一年的毕业生。此外又有民立校友大方灯四盏，校中同学也备了好几百盏大小花灯，加上国旗、校旗、锣鼓、花炮排了个长蛇之阵，好生热闹。于是我们便在响彻云霄的锣鼓声、爆竹声中，浩浩荡荡地出发。我在龙灯前面拿了一盏珠灯，给那龙抢着。说也奇怪，这当儿我好似回到了儿童时代，分外高兴。一路走中华路过大南门、小南门，进大东门，出西门，经省教育会，出小西门回校，也足足有好几里的路程。沿路打锣鼓，放花炮，欢呼"中华民国万岁"，民立中学万岁。半路上擎龙头的白、朱二君都乏了，体操教授吴志青君自告奋勇，由他擎着，一路走一路掉。我这珠当然是主动了，只掉得那珠灯中的蜡泪，都纷纷落在我身上。进大东门后，我便把珠灯交与朱伯先君暂代，坐了车子赶回去唤家人们出来观看。大家还以为我走得乏，临阵脱逃咧，后来重又加入，方始无话。儿子小鹃助我擎着珠灯，送到西门，才由老妈子领回去，他恋恋不舍的，很想送到学堂中呢。回校时，那花炮和爆竹又连天地放了起来，擎龙头的吴志青君又发起掉龙灯，在广场中掉了一会。于是兴尽散队，我们校友，便到同门厅中，参与苏校长的寿宴，觥筹交错，可也兴头极了。

这三天中除了表演游艺外，最可注意的，便是三十多课堂的布置，钩心斗角，各各不同。内中有头甲的桃源，初中二的竹深处，三戊的迎宾室，二甲的亦园，各有特色。桃源的装点，根据陶渊明的《桃花源记》，从一个山洞中望去，洞口有"可望不可即"五字，里面便是桃源模型。有桃花，有田野，有茅舍，有樵叟，有渔父，甚么都有。岂特桃源，直是天上仙境呢。头甲诸同学备有说明书，转录如下：

> 方今国事蜩螗，民生日蹙，忧时之士，感世局之沧桑，辄慕靖节先生之世外桃源。欲假此为遁迹匿影之所，不知桃源佳境，乃渊明寄托之词，初非有此实地，特借文章以发其积怨焉耳。本组有鉴于斯，陈设教室，悉仿桃源，将渊明所著于篇者，一一演诸事实。此中一草一木，悉合天然景象，而渔翁樵叟，尤具活泼精神，虽在斗室之中，不啻千里之远。只以能力微薄，经验未充，瑕疵尚所不免，尚希诸君观览之余，加以指正，不胜欣幸之至。

初中二的竹深处，课堂外先布竹巷，越显得内部的幽邃。一路进去，全是竹树，加着绿色电灯，更觉得绿森森的，使人尘襟尽涤。地上铺有香木屑，扑鼻芬芳，茅亭半座，布置也很幽雅。同学们唤我批评，我便随意写了两句道："绿竹猗猗中，我亦愿为七贤之一。"一面捧他们，一面却又捧自己，可算取巧了。二甲的亦园，我觉得一块碑和一个活动的龙头，很有意思。至于会客室的布置，那要推三戊的一间冠军了，精致富丽，很可小坐。当日有陈列主任应君，就来约我做评判员，说已请了美术家汤苏本楠女士和某某两女士、中华照相馆主人郭君四位担任评判，要我也凑了一份。我觉得评判很难，但又不能却应君厚意，因便答应了。我在一小时中，参观了三十多课堂，评判结果是桃源、竹深处各一百分，亦园九十分，三戊会客室的布置，也给了一百分。五人的分数合在一起，据说是桃源第一，竹深处第二。当时竹深处诸同学似有不平之意，取了《桃花源记》，向我和应君责问。我说："对不起，这不干我事，我原也给你们一百分的。"当下才没有话说了。

我们校友会中坚分子，有蒋君毅、刘同嘉、叶贡山、吴惠荣诸君，本来也想布置一间精美的校友招待室，谁知没有适宜的房间。到了开会的前一日，可怜我们还是无家可归，幸而苏校长大发慈悲，把他的校长室和两间会客室供我们使用。于是在半日之间，略略布置，把我家里的中西画镜，也搬了一半来，又仗着同学朱苏诸君的热心，陈设一切，总算给我们有了坐处了。门前那条大龙，抬着头立在那里，助我们张目不少，那我们也应当感谢这位密司忒龙的。

这三日六会的情形，大略如此，从校长起，直到校役，大家都含着笑容，开着笑口，这真是我们民立中学的狂欢节啊。

（选自《半月》1924 年 2 月 5 日第 3 卷第 10 号）

颇可纪念的一天

黯黯的云，蒙蒙的雨，将这一个畅好的礼拜日生生蹂躏了。我从沉寂的心坎上，勉强地打起兴致来，早上九点半钟，冒雨出门，先决定了两件事：（一）上尚贤堂参观海粟画展，（二）访问袁抱存兄。不道赶到尚贤堂，却见铁将军把门，才记起参观时间是在下午，这一次我可白跑了。当下便转往袁宅，闲谈了一会，瞧抱兄笔酣墨饱，写了几个屏条，早已十一点半了。于是驱车上沧洲别墅访陈小蝶兄，同赴谭雅声夫人午餐之约。小蝶恰因事他出，我只得独往谭宅。谭夫人殷勤招待，以西餐相饷，鸡龟蛎黄与番茄意大利面，都是绝好的风味。同席有宋春舫昆仲、江小鹣君、陶润之君、张幼仪女士，可惜徐志摩、张宇九二君和唐瑛女士都有约不来，未免寂寞些了。

餐后再与宋、江等往尚贤堂去，恰遇刘海粟君，导观他的诸大作品。楼下共有洋画三十五点，大半是风景画，而三分之一，都是普陀的写生。海粟的作风，趋向伟大，无怪他对于普陀，有深切的默契了。西湖诸作，也很美妙，而我尤爱《沙雾中的雷峰》一幅，莽莽苍苍，写出沙雾中的雷峰塔，正与夕照烘天时的雷峰塔同其可爱，如今塔已坍塌了，此画可以不朽。楼上计有国画五十点，以山水为多，我最爱《华岩泷》《九溪十八涧》《梵音洞怒涛》诸作，颇足以见海粟的胸襟。《三千年之桃实》一巨幅，写在冷金笺上，饶有富丽葡皇之致。而与白龙山人合作之《桃花流水鳜鱼肥》一幅，着墨不多，却也遒逸可喜。其他如《松鹰》《天马行空》《醉钟馗》《白孔雀》等，也足见作者的胆大心雄，不可企及。

三点钟上申报馆，做了一点半钟日常刻板的功课，忽接到了徐心波君的函柬，唤我上笑舞台去参观中华体育会的游艺会，并说李璎女士有事面谈，万勿失约。但我前去时，已近五点，台上正在表演京剧，所有其他的好节目全已过去。李女士刚走，和心波小谈了半晌，便匆匆告辞，飞车赴张珍侯兄之约。车近新舞台，忽见一辆摩托车中，装满了人，一声娇脆的呼声，将我唤住了，正是王汝嘉伉俪和珍侯、保鳌他们。不容分说，拉我上了车，说奥迪安看影戏去。一路谑浪笑傲，早到了奥迪安，踏进门时，蓦地想起了大东书局吕子泉君晚餐之约，于是做了个临阵脱逃，赶往山海关路吕宅。闲谈了一阵，看了报上吴稚晖先生的半篇文章，狼吞虎咽地饱餐了一顿，便道了谢出门。忽又记起田汉君函招参观艺术大学鱼龙会的事来，那几出独幕剧的魔力，吸引着我。我余勇可贾，竟一口气赶到善钟路该大学，雨丝风片，都不足以杀我的胜会。走进门去，却见是小小儿的一间房拱着一只小小儿的舞台，台上正在表演《爸爸回来了》，原名《父归》，是日本人的脚本，我前曾见辛西学社表演过，今晚是第二次了。接着是《苏州夜话》，据田汉君的报告，是记他们上苏州去写生而发生的一件事：一个因寂寞而流于虚伪的中年教师，口头说着正经话，而对于一个女学生颇有蘸着些儿麻上来的意味，终于遇到了他在战中失散的一个亲女儿，得到最后的安慰。唐槐秋君扮演教师，真是出神入化啊。下一出是《到何处去》，写几个烦闷的青年，借酒浇愁，想奋斗而不知所可。忽然来了个浪漫的女子，和他们跳舞，逗他们快乐，给他们一种肉的美感。他们都醉了，陶醉了，末后女子去了临别赠言，是一句"愿你们努力"，顿如当头棒喝，使演的人、看的人都得了一种深刻的教训。最后一出是《名优之死》，据殷李涛君说，是演故名优刘鸿声惨死的故事，表演旧式戏园后台的情景，前后共两场，杨小仲君也扮了个后台经理的角色。扮名优和他的恋人的，都是该大学学生，表演工夫着实不恶。而表演情敌的唐槐秋君，更活画出一个捧角着魔的恶少来，使人欢喜赞叹，真的是神妙欲到秋毫颠了。同看的欧阳予倩伉俪、吴树人律师、鲁少飞、黄文农、叶浅予三画师，周信芳、高百岁二名优。散会已过夜半，我还是精神勃发地与三画师安步当车，走过了那西比利亚般一条长长的霞飞路，到贝勒路口，才分道而归。鱼龙会的会期共一星期，日夜都有，我敢介绍与爱爱美剧的读者，非去不可。

这一天我忙极了，乏极了，也快乐极了。所以这一个黯黯的云、蒙蒙的雨中的礼拜日，真是我颇可纪念的一天。

（选自《上海画报》1927 年 12 月 21 日第 305 期第 3 版）

礼拜六的晚上

礼拜六的晚上，狼虎会由李长脚（常觉）做东，在消闲别墅聚餐。会员共到十人，牙如剪刀筷如雨，彼此各不相让。吃到九点半钟，早见那杯儿、碟儿、碗儿、锅儿，变作了四大皆空，一尘不染。席间的谈话，庄谐杂陈，记不胜记。听剑云演讲王病侠自杀蕿露园中（即万国公墓）的事，最引起同人的注意，此事报纸中还没有宣布，可算得簇崭全新的新闻了（按：翌日始见报）。

听他自备字碑，自筹葬费，擘画甚是周详，虽说自杀是懦夫，但我以为此君在懦夫中，也可算是一位英雄咧。席散后，驱车回家去，不道刚到西门，却撞见了王汝嘉夫妇，和他的年兄乃寿，同着叶君，汝嘉拉住了我，说回到卡尔登去。我再三推却，谁知他不由分说，竟逼着我换了车子，用绑票式的手段绑到卡尔登。那时已十点多钟，座客不像前礼拜六的旺盛。台上表演的舞蹈，以《一个吸鸦片烟者的梦》(*Dream of an Opium-Smoker*)为最美。我最初的推想，以为这一节定是调侃我们中国人的，少不得要扮出一个拖辫子的中国人来，捧着烟枪乱跳乱舞，当场出丑。谁知绒幕一揭，不禁啧啧叹赏，原来台上布着一间精室，明窗双掩，窗外有新月如钩，月光如雪，照见一个美女子，姗姗地走到耒几之旁，把一盏红纱的灯旋明了，就着几旁坐下，对小灯抽烟。我们中国人总是躺了抽，这位外国太太却是坐着抽的。抽了一会，似乎倦极入睡了，当下便有个美少年微步而来，先和伊接了一吻。于是颊与颊相磨，肩与肩相并，臂与臂相联，手与手相握，舞了一个极曼妙的汤娥舞。那种妙容媛态，凡是《洛神赋》中的形容词，都可以搬上去形容的。这时窗外月明如故，灯影微茫，台上的舞者，台下的观众，似乎都沉醉了。夜将半，又来了几位舞客，任矜蘋与宣景琳，疤六女士与洪君，叶少英大律师与如夫人，王季眉与一黑衣女士。疤六围白雀毛围布，穿绿地白花长半臂，容光照人。洪、叶、王的舞都妙，对手方也功力悉敌。矜蘋学舞未久，进步极快，已不像先前那么扶新娘子的模样了，可贺可贺。归时已一点半，拉杂记之。

（选自《上海画报》1926 年 1 月 28 日第 78 期第 2 版）

重五纪事

　　因导演《新人的家庭》双收名利而念念不忘于《新人的家庭》之任矜蘋君，创办一新人影片公司，罗致明星绝夥，颇有使天下英雄，都入我彀中之概。重五前一日，举行开幕典礼于卡尔登之屋顶，一时屋顶上群星灿灿，几可与天上之星争衡矣。予等因莅场已迟，得座甚后。而予适又背台而坐，台上游艺，殊不甚了了。仿佛有俄女联翩舞踊而已，交际舞初犹无人参加，比矜蘋拥严素贞为之倡，于是继起者不乏人，而亦仍以星为多，目光所及，则有黎明晖、杨耐梅、李曼丽诸星。已而汪英宾君亦与一星同舞，观其姿态之美，固知为老斫轮手也。是日星之奇服，有黎明晖两色之衣与两色之履，前火黄而后青绿，是则青黄不接之说，可易为青黄相接矣。毛剑佩御一绿色之衣，行时如展两翼，曾登台唱西歌，歌喉颇嘹亮，不亚乃翁唱《西门楼》中吕布也。韩云珍被一白色黑花之衣，袖窄而长，袖下中裂，而于袖口约之以纽，奇矣。他星如蒋耐芳、魏佩娟，亦在座。魏曾两度登台，歌《四郎探母》与《虹霓关》作大小嗓，皆可听也。殷明珠与贺蓉珠最后至，新妆甚都，殷自获掌珠后，此为第一次厕身交际场云。

重五日之晨，意至无聊，方搜读书报自遣。老友慕琴，忽邀观美专成绩，因驱车往。同观者丁娘外，又有二张生，则张光宇、张珍侯也。西洋画多幅，佳作迭见，而予与珍侯则独赏识一潘思同君之作品，如《夕阳》《水滨》《竹林老叟》《庙宇》诸幅，用笔纯正，不入魔道。而设色章法意境等，亦并皆佳妙。人体写生一图，虽背坐，亦栩栩如生，此君前途，正未可限量也。国粹画中，则予等皆称赏潘天授先生一派，以为区逸有致。盖此派学子皆从潘先生游者。尝见俞人昌君一幅，画枫叶八哥，极妙。潘先生（署名阿寿）题其端云："一夜丹枫红似锦，八哥误认是春来。"如此聪明语，令人叹服，观览既遍，日已亭午，遂出。

午后，有约游半淞园者。是日，有龙舟，观者云集，为数殆不下万人。凡可坐之地，无不满座，如开一上海士女之展览会。靓妆丽服，在在可见。电影明星之与斯盛会者，有韩云珍、王慧仙、魏佩娟等。云珍顾盼如孔雀，与在大中华百合公司时，迥不侔矣。园中游人，似亦以明星为目标，窃窃私语，似以见星为幸者。甚矣，星之不可为而可为也。日下春，龙舟卸其旗帜，锣鼓声寂然，游人遂亦渐渐散去。予等复游园一周而出，觉人去后之半淞园，清幽可爱多矣。

（选自《上海画报》1926 年 6 月 18 日第 122 期第 2 版）

礼拜六的晚上

云裳碎锦录

云裳公司者，唐瑛、陆小曼、徐志摩、宋春舫、江小鹣、张宇九诸君创办之新式女衣肆也。开幕情形，愚已记之《申报》，兹复撷拾连日见闻所得，琐记如下。

云裳之市招"云裳市招"，系金地银字，字作篆体，出名画家吴湖帆君手。君为吴窀斋先生文孙，擅山水，兼工书法。初，有主张不用篆字作市招者，顾小鹣以为篆字古雅，且云裳二字，笔画亦并不繁复奇诡，故卒用篆字。小鹣尚拟别制二市招，张之窗口，以引人注目云。云裳西名为"杨贵妃"，因西方人多知之。而李白"云想衣裳花想容"之《清平调》，亦与杨贵妃颇有关系也。

另一唐瑛：开幕之日，见案头有一银盾，上镌唐瑛敬赠字样。颇有人以为唐女士特别客气，自己向自己送礼也。以询宇九，则谓据最近统计，上海共有男女八唐瑛，此为女性中之另一唐瑛，久慕老牌唐瑛之名，而对云裳表示好感，故以银盾为赠，并亲致之于老牌唐瑛之府上云。

杜宇合作：但杜宇君来访小鹣，谓上海影戏公司愿与云裳合作。云裳每有新装束出，可由上海摄为影片，映之银幕，其足以引起社会之注意，自不待言。他日银灯影里，可常见云裳花团锦簇之新妆矣。杜宇并主张与云裳连合举行一艳装舞会或乔装舞会于大华饭店，一旦成为事实，则轰动沪渎，又可知也。

名妇人之光顾：张啸林夫人、杜月笙夫人、范回春夫人、王茂亭夫人，皆上海名妇人也。日者光顾云裳，参观一切新装束，颇加称许。时唐瑛、陆小曼二女士适在公司中，因亲出招待，各订购一衣而去。他日苟有人见诸夫人新妆灿灿，现身于交际场中者，须知为云裳出品也。

云裳之新计画：云裳所制衣，不止舞衣与参与一切宴会音乐会等之装束，今后更将致力于家常服用之衣。旗衫、短衫与长短半臂等，无不具备。所选色彩与花样，务极精美，较之自赴绸缎庄洋货肆自选衣料踌躇莫决者，其难易不可以道里计矣。

商略嫁时衣：唐瑛女士嫁期，经《晶报》宣布后，愚即调之女士。女士坚谓非是，张子景秋云在重阳左右，女士亦否认。愚曰：已凉天气未寒时，是真大好时光也。女士谓终必令君等知之，今不必问。时小鹣在侧，即与商略嫁衣，他日衣成，斯诚小鹣之心血结晶品矣。

不懂事之董事：开幕后三日，曾开一股东会于花园咖啡店，推定董事。唐瑛女士兼二职，除任董事外，又与徐志摩君同任常务董事，与陆小曼女士同任特别顾问。宋春舫君任董事长，谭雅声夫人则以董事而兼艺术顾问，愚与陈子小蝶，亦被推为董事，固辞不获。顾愚实不懂事，殊无以董其事也，艺术顾问凡十余人，胡适之博士、郑毓秀博士均与其列云。

（选自《上海画报》1927 年 8 月 15 日第 263 期第 3 版）

山阴道上之明星点点

　　大中华百合公司摄制新片《殖边外史》，一去奢华纷靡之习，表扬中华大国民之真精神，盖与美利坚《边外英雄》一片，有同等之价值者也。取景多在绍兴，雄奇可观。耶稣复活节之前一日，导演陆洁，率同男女明星二十余赴绍，下榻于州山善庆学校中。黎明晖、王元龙皆与焉。昨有人自绍来，语予以趣事数则，颇有可噱者，记之如下：

州山之饭，糙黑如砂粒，猪肉须购自十里余外。村中亦有厨子，而所制之菜，不能下咽。诸星中有每餐非四五瓯不饱者，至是亦一瓯而饱。窃思长此以往，必将菜色而归。乃惟周文珠、杨静我二女星为临时大司务，轮流入厨制菜。杨于制菜时，必请陆洁尝菜味之咸淡，于是陆遂被推为制菜总监。以制片总监而兼制菜总监，可谓双料总监矣。

村中所多者为鸡蛋，小洋一角，可买四五枚，于是炒蛋、水铺蛋、滚蛋、王八蛋，同是一蛋，而制成十数种之蛋，终日所过者为蛋生活。黎明晖等诸女星好啖连壳白烧蛋，此物不易消化，多食必伤胃，陆洁屡诫之，始各屏而不食。村中除鸡蛋外偶可购得几块豆腐干，一个铜板买一块，细嚼之，其味似胜于沙利文之巧格律①糖。诸星如长住其间，人人可以成富翁，盖有钱实无处可花也。

片中黎明晖之家，乃将山中一龙王庙改造。庙虽名龙王，而所供者则为关老夫子，由木匠、漆匠、泥

———————

① 即巧克力。

水匠数十工改成之。门前有广场，乃毁去麦田二亩而成。场上围以矮篱，缀鲜花万朵。篱中白鹅数十，往来自得，屋旁有牛棚、羊棚、猪棚，牛羊猪鸣声相闻，乃如诗人之赋诗相唱和者。屋前一古树，高可十丈，已为百年前物。特在树旁建一古井，悉用碎石造成。此碎石乃由二十村童从山中搬运而来。陆洁特使杨静我坐井上，为摄一影。井前一羊方食草，井后白鹅数头，方昂首长鸣，因题其影曰"羊井鹅"，音与杨静我谐，聪明极矣。

诸女星辄至庙内求签。黎明晖先以小拳向关老夫子作欲击状，然后抽一签，得下下，再抽又下下。乃恐，虔诚跪而求，仍下下。明日再求下下，又求又下下。二日中五求而五下下，黎怒，声言非拆毁庙宇不可。周文珠燃烛爇香叩头而求，亦下下。有句云："……拾得黄金要化铜，反来覆去一场空。"害得周文珠几天不快活。杨静我求二签，句亦不佳，而杨频称"菩萨真灵"。王元龙兄弟均相继求，所得签佳否互见。众要陆洁求，陆不肯。杨静我乃抢签筒而代求曰："今年如能吃陆先生的喜酒，赐上上；明年，中中；后年……"语未竟，而一签出，为中上，句曰："玉兔团圆出海边，清光皎洁瑞云端。时人要见嫦娥面，卷起珠帘仔细看。"一解曰："月静如海，倍见光明，要觅其好，必须用心。"均不知其命意所在。王雪厂曾求得上上，签句大佳，惜已忘之云。

（选自《上海画报》1926 年 4 月 19 日第 102 期第 2 版）

百星偿愿记

生平有数愿，愿花长好，月长圆；人不必长寿，愿长能不病；钱不必长多，愿长得无缺；而愿外之愿，则愿长为忙中之闲人，长看好影戏而已。愚于影戏有特嗜，每星期必观三四片，习以为常。于银幕之上，见世界之大，亦弥足以旷心而怡神也。近数年来，海上影业极发达，欧美名片，络绎而来，出映于诸大影戏院。如《儿女英雄》《赖婚》《乱世孤雏》《巴黎一妇人》《罗宾汉》《三剑客》《风流寡妇》《战地之花》《淘金记》《美人心》等，皆能予吾人以极深刻之印象，历久而不能忘者。愚为影迷，最留意于影界消息，佳片来时，每快先睹。去岁秋仲，夏令配克大戏院以重金租得美国名导演西席地密尔杰作《伏尔加舟子》(*The Volga Boatman*)，译其名为《党人魂》，试演之日，老友世勖，尝函约往观。愚以得函稍迟，失之交臂，及公映后，荏苒三日，又以别有要务，未克偿观。一日为星期六日，拟往观矣，而老友朱子穰丞，复招观辛酉学社之四独幕剧，因舍彼而就此。盖知《党人魂》之映演，当有数日，过此且将移映于爱普庐，固无所用其急急也。不意是日有红白俄人在院滋闹，有妨治安，翌日即为工部局谕禁。而愚之与《党人魂》，遂如参之与商，不复能相见矣。朋好中如独鹤、矜蘋诸子，知愚之未见《党人魂》也，每见愚，必力绳此片之美，舌底澜翻，滔滔不绝。愚自命影迷，而独未得一观《党人魂》，亦正如二十年老娘，倒绷孩儿矣。每一念及，辄呼负负不置。半稔以还，每晤爱普庐经理柯西尼君，恒以能否再演为问。柯君掉头叹息，谓为无望，愚亦以为永永无望矣。讵月之五日，忽得黎锦晖、黎明晖、沈彬翰三君柬，约于翌晨十时，赴百星大戏院观《党人魂》试片，并设宴相款。是晚喜而不寐，黎明即起，及九时半，亟驱车赴约，中心跃跃然，几于上抵喉际，突吭而出。盖深恐到院逾时，不能窥全豹也。及至，则尚未开映，黎锦晖、蔡仁抱、杨九寰诸君招待甚殷，包天笑、沈骏声二君，欲愚口译片中说明，因相与骈坐。及十时半，而吾一年来寤寐系之之《党人魂》，遂涌现于银幕之上。综观其布景、情节、表演三大要件，无一不臻最上乘。西席地密尔氏杰作虽多，自以此片为翘楚，佐以俄罗斯乐工歌《伏尔加舟子》一曲，益觉其沉郁苍凉，得未曾有。据黎明晖女士语愚，渠已三观此片，犹觉津津有味云，亦可见此片之价值矣。闻百星购取此片映演权，计值四千二百万金，地点限长江一带，期限为三年云。观毕，黎氏父女邀至楼下与宴，醉酒饱德之余，归而记此。夙愿既偿，喜心翻倒矣。

（选自《上海画报》1927年10月12日第282期第3版）

百星偿愿记

巴黎的蜡语

　　巴黎是法兰西的花都，是全世界有名数一数二的大都会。不论甚么大小百事，往往是巴黎开风气之先，然后流行于全世界。那流行之速，比了流行病的传染，更为厉害。最近流行的一种玩意儿，便是在信函封口的蜡上，以颜色的各别，而表示出种种意思来。目前已流行到欧罗巴洲全土，尤其是拉丁族的各国，因为那边实是浪漫思想的产地，对于这种新奇有趣的玩意儿，当然是欢喜奉行的。据说南美洲各国，现在也步着巴黎的后尘，争用蜡语。而先前男女间的将花朵表意，将手帕表意，将邮票表意，都已不时髦了。

考信口封蜡表示意思的这回事，实在还创始于一世纪以前。英国大诗人名作《唐琼篇》（按：即今日美国华纳影片公司摄成影片的《美人心》）中，曾说有一个红颜薄命的女子，和泪和墨地写了一封诀别的信，给伊所爱的情人。那信上封口的蜡非常精美，而嫣红作玛瑙色的。伊用这玛瑙色的蜡，定有一种隐秘的意思，暗寓在内。伊的情人，定然一望而知的。如今巴黎所流行的蜡语，花样可多了，如宣告婚姻，用白蜡；通知丧葬或旁的悲哀消息，用黑蜡；紫罗兰色蜡表示悼惜；棕色蜡表示烦恼或不快之感；栗色蜡用在设宴宴客的请柬上，最为适当；浅红色的蜡，专供得意情场的情人之用；要是单恋而得不到对方情爱的，那就用黄色蜡了。绿色蜡表示希望，浅绿色蜡表示责备，蔚蓝色蜡表示有恒心，永久不变。女郎彼此通信，须用玫瑰红色的蜡，以表示花好人好。灰色腊表示纯粹的友谊，并不搀杂情爱在内。至于营业上往来的信件，须用朱红色，因为这触目的色彩中，仿佛高喊着"金钱金钱"呢。

上海是小巴黎，凡事都喜欧化，在下今天将巴黎流行的蜡语介绍过来，上海的士女，也许要学着玩玩么，请邮差先生给我留意一下罢。

（选自《上海画报》1927年8月18日第264期第3版）

狗赛会中

　　五月一日上午十一时至下午六时，海上西人所组豢狗之俱乐部，举行狗赛会于黄浦滩。予不喜狗，而颇欲一观一狗吠影百狗吠声以为乐，因于饭后偷暇往观焉。

　　狗赛会之会场，设于黄浦公园之旁，周以竹篱，树英吉利国旗二，猎猎翻风中，傲态可掬。未入会场，而群狗争吠，厥声如豹，已迎客于百码之外。场以内，一面设茅亭七八，一般狗主人，多牵狗集其内，以待评判员之评判。一面则为一绝大之芦席棚，辟作小厢二三百间，各以芦席为界，藉以稻草，盖即群狗之临时公馆也。场之东端设评判员之写字间，西端设临时餐馆，间有一二商品之摊，则为出售狗链、狗嘴套与狗之沐浴用药等等者，他无有也。

参与斯会者，西方士女居十之七八，中国士女居十之一二。群狗之主人，均于臂间标号码，其一百五十六号为一中国少妇，御红珠边之玄缎旗袍，牵一白色狮子狗，与西妇多人杂立于评判之茅亭内，屡目二评判员，状至恳恳，不知其爱狗果能获奖否也。

芦席棚内之小厢中，每厢一狗，有狗主人亲伴爱狗同坐，亦有以仆欧留守其间者。其半数皆为警狗、猎狗，狞悍可畏，吠声亦最厉。别一半则为家常爱玩之北京狗，有中国粲者二三，同据一厢，携一筠篮，以篮锦为裹，一白毛小狗卧其中，婉变可爱。此数小狗，多跳跃主人襟袖间，故修饰甚美，颈项间均缎结，五彩纷披，仿佛蝴蝶之翻飞也。其所处之小厢中，亦往往铺锦毯，加绣垫，中有一厢，则置一小沙发，令狗坐卧其上，观于狗主人爱狗之状，虽父母子女，蔑以加焉。

闻与赛之狗，凡分三十余类，分类给奖。每类设甲、乙、丙三奖，报载顾维钧夫人之爱狗得首奖，顾予是日仅在场中逗留一小时，殊憾未见顾夫人，亦未见顾夫人荣膺首奖之爱狗也。

（选自《上海画报》1926 年 5 月 7 日第 108 期第 2 版）

曼华小志

曼华者，谓名媛陆小曼女士与唐棣华（瑛）女士也。日前晤两女士，得谂近况，有可记者，因并志之。

二十五日午后，自卡尔登观《美女如云》新片出，将赴雪园参与云裳公司董事会茶会。忽见一姝行于前，背影婀娜，似曾相识，而姝已瞥见愚，遽展笑相招呼，则赫然唐瑛女士也。问得毋往雪园，应曰然，因偕行。愚曰：此次蜜月旅行，曾至北京否？曰否，但小住大连与青岛而已。兼旬未见，君相吾貌，亦较丰腴乎？愚笑曰：丰腴多矣，想见蜜月中于飞之乐。女士嫣然无语。愚又进而问旅中情形，曰此行以神户丸往，以大连丸归，两舟并皆闳丽，而以大连丸为胜，坐之良适。游迹所及，则于大连、青岛外，又尝一至旅顺。以风景言，端推大连，所居逆旅，为日人所设，幽雅绝伦。门临碧海，风帆沙鸥，皆可入画焉。愚曰：女士此游，似皆作舟行，亦尝以车否？女士曰：尝一度登南满铁道之火车，路政之佳，得未曾有。惟头等车中，别无乘客，稍苦寂寞耳。愚笑曰：女士有侍从武官在，跬步不离，岂复有寂寞之苦哉？女士笑而不答。是日与会者有谭甘金翠女士、宋春舫、徐志摩、张禹九、江小鹣、张学文、陈小蝶诸子，相与调诙，女士不以为忤。已而讨论及于称呼问题，多以骤呼太太为不便。女士笑顾愚曰：顷在街中见君，曾两呼周先生，而君不吾应，何也。愚曰：无他，徒以呼唐小姐则不称，呼李太太则不惯耳。女士曰：然则仍唐小姐呼吾可矣。众皆不谓然，大约两称将并用云。

　　是夕，与小鹣、小蝶饭于志摩家，肴核俱自制，腴美可口。久不见小曼女士矣，容姿似少清癯，盖以体弱，常为二竖所侵也。女士不善饭，独嗜米面，和以菌油，食之而甘。愚与鹅、蝶，亦各尽一小瓯。座有翁瑞午君，为昆剧中名旦，兼擅推拿之术。女士每病发，辄就治焉。餐罢，小鹅就壁间出一油画巨幅相示，则女士画像也，面目宛然，栩栩欲活。虽未完工，神形已颇逼肖，连日方在赶画中，闻将作天马展览会出品云。已而唐瑛女士来，盖践小曼之约，谈天马会表演剧艺事。拟与小曼、小鹅、梅生合串《贩马记》，小鹅请小蝶亦加入，或将一串剧中之县官，于红氍毹上，现宰官身焉。小曼意独未餍，坚嬲棣华合串昆剧《游园惊梦》，曼生而华旦，脱成事实，诚可谓珠联璧合矣。居顷之，俞振飞君至，为小曼、小鹅说《贩马记》，唱白均宛转动听。二小得此名师，造诣可知。闻袁抱存、丁慕琴二兄，亦将表演京剧，同襄盛举。他日天马会开，人才荟萃，度必有以餍吾人之观听也。

（选自《上海画报》1927 年 10 月 30 日第 288 期第 3 版）

记许杨之婚

　　愚既记十五之夕"美丽"之宴矣，而是夕尚别有一美丽之宴，有不可不记者，则皖中许士骐画师与某未婚夫人杨缦华女士宴请证婚人胡适之博士也。先是愚既得柬，颇费踌躇，盖一夕两宴，两皆情不可却，且亦不忍割爱者。因先赴"美丽"，得睹红氍毹上诸名姝，已深以为快矣。比驱车赴新闸路许宅，乃于饱看三日后之新娘外，又获一瞻文艺界诸名流之丰采，诚足以快慰平生也。愚入席已八时余，主人为介见其未婚夫人，时方坐主席，姿致端丽，落落大方。继及在座诸君，则皆神交已久，而初度握晤者。胡适之博士健于谈，语多风趣，合座倾听忘倦。承齿及本报，谓每期必读拙作，而尤激赏丹翁之诗．以绑票喻为出堂差，足资玩味。继又道及拙编《紫罗兰》半月刊与往岁中华书局出版之拙译《欧美名家短篇小说》，谓为不恶，愚以大巫当前，不期为之汗下数升焉。已而愚谈及二十年前之《竞业旬报》，中有博士诗文杂作，署名铁儿，已斐然可诵，博士谓所化之名，当不止此。当时共同合作者，为丹翁、君墨诸君，故至今尚珍藏数十册，以资纪念云。

博士问愚年，以三十四对，还叩博士，则三十有八，年事相去只四龄，而学识上之相去，直天壤矣。继又谈及《红楼梦》，谓近以三十金得一曹雪芹写本，深以为快，问以近有新著作否，云方著一《白话文学史》，将归新月书店出版也。席终，博士飏主人演说其恋爱之经过，主人略述结合之因，寥寥数语，无足动听。博士表示不满，欲闻其详，主人谓此乃恪遵博士名言，所谓以最经济的手段，描写事实中最精彩的一段也。博士笑曰：经济则经济矣，其如不精彩何？主人卒怩怩不肯尽宣，但曰由友谊而发生恋爱，由恋爱而缔结婚姻而已。座中尚有谢慧生先生持，为党国要人，工书法，名满天下。黄宾虹先生，则金石书画名家，凤所倾服者。外此有教育家江彤侯先生、林君墨先生，文学家程万孚先生、吴畏庵先生，新闻家兼戏剧家王怡庵先生，怡庵别署梨云，即最初在戏剧协社《少奶奶的扇子》中饰吴八大人者，愚至今犹历历，忆其声容也。近在《申报》任外勤记者，闻今年戏剧协社春季公演时，仍须加入云。主人为艺术家，故四壁琳琅，书画特多。冯总司令与李烈钧先生手书立轴，银钩铁画，尤足矜贵焉。十八日，为许杨婚期，礼堂设大华饭店冬园，愚以事迟至，见新夫妇方摄影，一人为之指点，若电影中之导演者，则证婚人胡博士也。女傧相玲珑娇小，似曾相识，谛视之，则为黎明晖女士。男傧相容采焕发，为程万孚君。新夫妇乐极，笑容未尝有敛时，新娘御粉霞礼服，映以雪纱绛花，益觉其仪态万方矣。已而复至园中摄数影，愚惟与新夫妇遥相道贺而已，与钱子化佛小谈有间，始兴辞而出。

（选自《上海画报》1928 年 3 月 21 日第 334 期第 3 版）

念炸弹下的北京朋友

　　勇于内战的"大中华民国"健儿，彼此倒像有不共戴天之仇似的，厮杀不休。如今狠上加狠，索性把炸弹抛掷北京城了。我得到这骇人的消息时，正在七里泷山明水媚之间，不由得想起我几位北京朋友来，因便掬着一瓣心香，默祷上天，保佑他们平安。

　　我想起袁寒云盟兄，已好多时没信来了。他本来住在北京东城遂安伯胡同，诗酒逍遥，很觉安闲自在。上月听说曾到天津，借寓国民饭店。以后不知曾否回去，曾否听得这可怕的炸弹声，他的琴书都还无恙么？

我想起老友何一雁将军，是住在北京东单牌楼洋溢胡同的。他很给本报帮忙，又常有极好的短篇小说，替我《紫罗兰》挣场面。不知道这回可也受惊没有？好在他曾死守过南京城一个多月。上马杀贼，下马草露布，听了这种炸弹声大约也稀松平常，不算一回事。况且他那求幸福斋的命名很吉祥，定是有幸福而没有祸患的。

我想起老友黄秀峰伉俪。他也住在东城，去寒云寓所不远。他们俩婚后还不到一年，每逢春光明媚时，又往往到北京诸名胜区去踏青摄影。而今满城都是炸弹声，不知道还有这闲情逸致么？在那北海琼岛一带花明柳暗之地，还常有他们俩的并头双影么？

我又想起梅畹华、程玉霜二名伶。他们几次来上海，曾和我有几面之雅。他们是专在红氍毹上扮女性的，胆力也比较差一些。如今在这可怕的炸弹声中，可还能粉墨登场，做《长生殿》中的杨太真、《红拂传》中的红拂女么？他们的舞衫歌扇，仍一一无恙么？

唉，我的朋友，岂止这几位。凡是北京城中的人，都是我的朋友，都是我的骨肉，我都希望他们无恙，祝祷他们平安！

（选自《上海画报》1926年4月10日第99期第2版）

天马会中的三位老友

　　天马会的发起人中，多半是老友。而老友中的老友，要算是丁慕琴、江小鹣、杨清磬三位。这三位老友，又一个个十足的当得上俊人之称。目前当着天马会开展览会的当儿，且把他们三人分别说一下子。

　　丁慕琴，是我初入文艺界认识最早的一位老友，到如今已有十四五个年头了。他的大名是毛骨悚然的一个"悚"字，有人识不得，读作"束"字，他还是胡乱答应着。他生性和蔼，从没有疾言厉色，和在下一样算得是个好好先生。他年纪比我大四五岁，而娇小玲珑，活似一个香扇坠儿，可和李香君配得对。对付女性的本领特别大，所以女性都乐于亲近他。他的秘密我知道十之八九，在八九年前，我还荣任过他的西文情书秘书官咧。那时我们和钝根同在一起办《游戏杂志》《礼拜六》，每天夕阳西下时，我们俩总一同出去逛马路。凡是走至南京路的，往往瞧见我们的影儿。他生平抱乐天主义，善于行乐，近年来爱上了留声机片，打得一片火热，竟当作情人般看待。作画样样来得，可是不肯多画，朋友们的画债欠了不少，老是不肯还。这一把懒骨头，真使人奈何他不得。

江小鹣，是一个漂亮人物，大家都承认的了。十多年前，曾在春柳社露脸，串演过巴黎茶花女，这一张脸蛋子，可算得道地了。他单名一个"新"字，因此朋友们都唤他作江新轮船。前几年这江新轮船开到了法兰西去，大家都记挂得了不得，因为他的"面目可喜，语言有味"，是值得使人记挂的。前年这轮船开回来，船头上忽然挂了黄色的流苏，倒也觉得有趣。新婚时许多人都劝他付之并剪，他却好似遗老爱辫子一般，老是不肯牺牲。如今在云裳公司中当艺术主任，外国人走过门前，在玻璃窗中看见他的羊须子，还当他是法兰西人咧。他作画最精油画，善于画像，最近给陆小曼女士所写的一幅，是他的得意之作。平日作小幅画，从前往往不署名，画一个小小骷髅。近来常署"小三"二字，倒像是王小二的老弟呢。性爱猫，也喜欢画猫，他所画的猫，我曾见过好几幅，都跃然纸上，像活的一样。

杨清磬的为人，真和磬子一般的清脆，也是一般女性所乐于亲近的人物。他是湖州人，操着一口湖州白，说话时口若悬河，绘影绘声，听去一些儿不讨厌。生性也爽直，肚子里有甚么事，当着老朋友跟前，便倾筐倒箧而出，任是家庭中的不如意事，不足为外人道的，他也毫不隐瞒地诉说出来。他并不是狼虎会会员，而狼兄虎弟，没一个不欢迎他参与大嚼的。他作画也样样来得，图案画很有研究，在扬州时作品极多，足有一百余点。不幸被丘八光顾，全都毁坏，只剩了一幅，他至今很惋惜。精丝竹，能唱苏滩好几十种，有些还不是范少山他们唱得上口的。可惜此调不弹已久，大半忘怀了。最近和朋友们合开四五六食品公司，规画一切，十分辛劳。他所爱吃的蚌蟹汤包，总该多吃几个罢。听说开幕以来，生涯不恶，我便祝颂他财通四海，利达三江。

（选自《上海画报》1927 年 11 月 6 日第 290 期第 2 版）

访　鹤

既没有怨，又没有仇，一柄小小的锉刀，却溅人颈血于五步之内，说是神经病吧，不像是神经病；说不是神经病吧，又活像是神经病。这一回事，是上海报馆街上一出最新的活剧，也是一个不可思议的奇迹。

我既得到了老友独鹤遇暴的消息，发了一会儿呆，即忙去信慰问一番。二十八日午后六时，便又赶到他家里去访问。走进大门，先在庭心里喊了一声鹤兄，他的夫人闻声而出，笑吟吟地导我登楼。鹤兄穿着一件蓝色方格毛巾布的晨衣，头颈里围着一条雪白的毛巾，早在卧房门口迎着我了。我进了房，尚未坐定，先就敞开了那条毛巾，看他受伤的所在。只见头颈的右侧，用橡皮膏黏住了一方块纱布，那伤口当然是瞧不见的。据鹤兄说："伤口并不大，最初也不过二寸左右，现在已不到一寸了。"我问他受伤的情形，他说："那天午刻，我上报馆去，刚到门口，却见那金柏生蓦从一辆汽车后面转了出来，我心知不妙，匆匆走入电梯。本来呢，那开电梯的也认识金柏生的，因为先前来过几次，我曾指给他瞧，吩咐以后要提防着。不料这几天他恰好请假，由一个替工庖代，替工是不认识此人的，并未拦阻，一面反出去接受我包车夫手中的饭篮。因为我并不吃馆中的饭，天天都带着自备的饭菜来的。金柏生趁此机会，就揪住了我大衣的后领，下此毒手。当时我只觉得头颈上被刺一下，倒并不怎样痛，恰好那开电梯的人已提着饭篮回进来，我便一叠连声地嚷着：'拿下他！拿下他！'那开电梯的和司阍捕不敢怠慢，急忙拿下了金柏生，送捕房去。我自己便走出了电梯，赶上三层楼到办公室中对同

访　鹤

事们说：'我被人刺了一下！'那时的态度，还是相当镇静的。我用手抚摸伤口时，出血不多，只觉头颈的左右两边，都有些儿坟起，心中很为诧异，也不知道是被甚么刺的。随即由同事们伴我到仁济医院，掏出名片，请求急治，当下由一位医师忙给我局部麻醉，一下子就箝出一个三寸长的锉刀尖来，原来姓金的用力过猛，把锉刀也戳断了。亏得有这锉刀尖断在肉里，把血管压住，所以出血不多，又幸而那锉刀是斜戳进去的，要是直一直，那就性命交关了。"我忙道："这真是吉人天相，天相吉人，你的性命，本来不应该这样白白送掉的。"鹤兄又道："金柏生和我厮缠，已有七八年之久，因为看了我在报上所作的谈话，受到刺激，硬说我是有妖法的，拘住了他的灵魂，使他捱受精神上的痛苦。近年来他连我们的报也不看了，据说我仍在梦中去捉弄他。我先托在苏州的程小青兄去看他，向他解释，我自己也曾接见过他一次，反复譬解，甚么都没有用，这大概真如俗语所谓前世事吧。他之于我，绝对没有索诈或借贷等事，我因为他正在苏州法院中办事，维持生活，所以几年来始终隐忍，并没有声张，深恐影响他的职位。却不料他竟会施出这样的毒手来，这真是我做梦也做不到的。"我慨叹着道："前后一个半月，我平白地死掉一个儿子，你平白地遭到一次飞灾，一鹃一鹤，祸不单行，难道我们做了半世的好好先生，竟做出报应来了么？"鹤兄嘴唇上挂了小半截纸卷烟，微微地摇头苦笑着，无话可说。我道声珍重，就在暮色苍黄中走了。

（选自《申报》1937年5月3日第17版）

访鹤

海粟画展之一瞥

　　海粟近作展览会，于十七日起假尚贤堂举行。每日
午后一时至六时，任人展览，期以一周，可谓艺术界一
大贡献。予于十八日午后偕宋春舫、江小鹣二君、张幼
仪女士同往观光，得观洋画三十五点，国画五十点。徐
志摩君谓："他是一个有体魄有力量的人，他并且有时也
能把他天赋的体魄和力量着实地按捺到他作品里。"洵非
虚语，予觉其无论为洋画为国画，皆力求伟大，而表现

其艺术上之魄力，充其意境之所至，直欲掷笔天外，破壁而飞，非能拘拘于尺幅之间者。刘君自谓于国画最心折石涛、八大，亦可见其取法乎上，而石涛、八大作品之伟大，固亦吾人所公认者也。

　　洋画三十五点，陈列楼下，多半为风景写生，而三分之一皆作于普陀。盖今夏刘君尝客普陀五十余日，山高水长，在在皆画料也。予尤喜其《风涛》《潮音》二帧，白浪翻雪，若有澎湃之声，自纸背出。而《斜阳》一作，则又色调静美，如美人展笑焉。西湖诸作，以《沙雾中之雷峰》为最，觉其沙雾中之美，正不亚夕照煊染时。惜雷峰已圮，徒让画师笔端留一纪念耳。其他如《秦淮河》《渔舟晚炊》《蔷薇》诸作，亦足撩人美感也。楼上诸图画五十点，尤瑰伟动人。予生平爱瀑，故最爱其《华岩泷》《玉帘泷》二作，银瀑下泻，衬以嘉树，令人胸襟如洗，不着一尘。《三千年之桃实》于冷金笺上，高仙桃无数，极富丽乔皇之致，真可作麻姑献寿用也。其以少许胜者，有《桃花流水鳜鱼肥》一作，遒逸可喜，桃花流水，系白龙山人补绘，可谓二难。《寒梅篝灯》亦只寥寥数笔，胡适之君题云："不嫌孤寂不嫌寒，更不嫌添盏灯儿作伴。"更足为此画生色。其他佳作如《松鹰》《天马行空》《白孔雀》《素》皆能曲写鸟兽之伟大与美丽。山水中之佳品，尚有《九溪十八涧》《梵音洞怒涛》《高岩翘翠》，笔大如椽，具见工力。而宋春舫君独赏其《四围晴翠拥山亭》一作，因订购焉。小幅有《平沙落雁》等四幅，据海粟言，本系绘潇湘八景，因为时不及，故仅得其四。虽向小处着墨，亦颇有气韵也。浏览可一时许，心目为豁。予不解画，而又不能无一言，以彰其美，爰记所见如此。

（选自《申报·自由谈》1927 年 12 月 20 日第 16 版）

海庐读画记

一日过劳神父路，访海粟于海庐。登楼入其画室，四壁琳琅皆画也。倾谈有间，海粟出一帙授愚，帙面作火黄色，绘为我佛拈花之图，则敦煌石室之壁画也。蔡孑民先生题其端曰："海粟近作。"开帙读之，得《彤云素羽》，卷头画一，作者小影一，蔡孑民、康南海、梁任公、王一亭、徐志摩、张禹九题序六，均刊印绝精，内包含一色版图画七：一曰《鹿》，写双鹿走崖谷间，如闻呦呦鹿鸣之声；二曰《虞山言子墓》，系在甲子之秋江浙大战中独坐画室，由所作油绘脱胎而成。上有孑民先生题诗，并吴缶翁题句云："吴中文学传千古，海色天光拜墓门。"吉光片羽，弥足珍也。三曰《九溪十八涧》，此为愚前数年旧游之地，见之如见故人。上有蔡孑民、黄任之、张君劢、郭沫若题诗题句，足见斯画价值。四曰《月落乌啼丛林寒》，荒寒之气满纸，读之寒栗，今已归日本久迩宫邦彦王珍藏矣。五曰《栾树草堂》，六曰《放鹤亭》，皆苍老可喜。七曰《松鹰》，白龙山人为补凌霄花，并题句曰："百丈松能拔地起，一声鹰似凌霄鸣。"曰拔地，曰凌霄，亦可以况海粟画笔也。后附原色版六，皆西画，曰《南高峰绝顶》，曰《秦淮渡舟》，曰《西溪》，曰《西湖烟霞》，曰《花》，曰《苏堤夜月》，色调笔触，皆淳厚老到，不同凡俗。愚尤爱其《西溪》一作，令人回想当年以轻红一舸，容与绿波春水之乐焉。《西湖烟霞》《苏堤夜月》，亦鱼鱼雅雅，写尽西湖之美，足为卧游资料也。书以民国十五年十二月付印，以十七年九月出版，编辑者为刘思训氏，代售者为上海中华书局与美术用品社云。

（选自《上海画报》1928 年 11 月 18 日第 413 期第 2 版）

男扮女不如女扮女

　　西方各国，自有戏剧以来，凡是剧中的女角色，无论是正角儿，是配角儿，都得由女子扮演，从没有借重男子的（《佳来的姑母》一类的滑稽戏除外）。在莎士比亚的时代，便已如此，直到几百年后，还是如此。惟有我们中国，中了几千年来吃人的礼教的毒，凡事都采取男女不合作主义，连"男女授受不亲"这句迂话，也奉为金科玉律。所以那当着大庭广众尽情表演的戏剧中，更绝对的不许男女合作了。

京剧是流传最久远而最普遍的戏剧，剧中女角儿，向来是由男子描头画角，乔装而成的。男戏班中，断断容不得女子插足，因此梅兰芳、程砚秋、荀慧生、尚小云这班须眉男子，就拜了男女不合作之赐，给他们名利双收，成了一时代的骄子。但我以为男子扮女子，即使扮得尽善尽美，总觉得扭扭捏捏的，有些儿肉麻，远不如女子扮女子的妙造自然，毫无做作。这一句话，无论有戏剧智识没有戏剧智识的人，大概人人都能承认的。好了好了，近年来新学说风起云涌，吃人的旧礼教，渐渐地给打倒了，男女可以同学，可以合作。舞台之上，男女可以合演戏剧了。但瞧今年的上海舞台，几乎处处都是男女合演。红氍毹上，充满了美的空气。北方来的女角儿，都挂着挺大的牌子，备受观众的欢迎，而就中的一颗最亮的明星，那当然要算雪艳琴。可怜在下不懂戏，上戏园子去，也好似小孩子看红面孔和绿面孔相打，不知道是甚么一回事。但是看了雪艳琴的戏，只觉得样样看得入眼，句句听得入耳，而我那"男扮女不如女扮女"的学说，也益发着实实地证明了。老友黄梅生是最最赏识雪艳琴的，他高兴要出《雪艳琴特刊》，唤我作一篇捧场文字。我千思万想，老是作不出，便随便地诌这么几句，总算交了卷了。

（选自《上海画报》1928 年 4 月 30 日第 347 期第 3 版）

新妆斗艳记

　　欧美大都会之大衣肆中。每有新妆束出，恒令娇好女子，被之以示客，若群花之献媚焉。舶来之影片中，亦往往见之，侈丽至于万状。颇致慨于吾国女子装束，虽日新月异，而此类新妆之赛会，殊未之见也。上海联青社诸子，揣摩风气，善与人同，因募集儿童诊病所创立经费，遂有新妆大会之举行。其尤足矜贵者，则与会者均为名门闺秀，与欧美大衣肆中之雇员充任者迥异。予于十七夜偕凤君往观，颇自诩眼福不浅焉。

斯会以新妆之竞赛为主体，而佐以武技歌乐，蔚为大观。精武体育会武技，以一女子舞双刀，与一黑髯者之跌扑为最。又有一白髯老翁迭出献技，身手矫捷，虎虎有生气，令人有矍铄是翁之叹。男女八音合唱西曲《天鹅歌》，与大同乐会筝阮、提琴、琵琶、铜箫合奏古乐《春江花月夜》，抑扬抗坠，泅泅动听，虽霓裳仙乐，不是过也。歌乐之后，即继以古装大会，分汉唐宋元明清六朝女服。事考古籍，吾不能知其制作是否准确，惟裘女士之满洲装，则一望而知为代表有清耳。其间范夫人持孔雀羽扇，盛夫人捧花篮，劳夫人则挟一花锄，宛转作折腰步，颇令人联想及于梅畹华之《黛玉葬花》也。陈女士服皇后服，黄袍之上，绣以黑花，绚烂动目，而仪态万方，绰有母仪天下之概。其身段最活泼，姿貌最秀丽者，据凤君月旦，谓当推服汉服之沈女士。

休息可十分钟，而圣约翰大学乐班之吉士乐[①]作，繁弦急管，如入跳舞场中。趣剧《育儿宝鉴》，于滑稽中示人以保育儿童之法，用心良苦。而黄仁霖君，梳小辫，御红衣袴，坐小儿车中，大呼妈妈，吸牛乳一巨瓶，尤可绝倒。似此魁巍之儿童，诚可谓大此儿子矣，一笑。次为四音会唱，与钢琴并奏，均能抒发美感。已而唐瑛女士抱琵琶而上，珠喉宛啭，玉指轻撚，从容歌一曲，惜无曲词，不辨其所歌云何。是夕女士衣浅黄秃袖之衣，姿态绝美，歌已，磬折作微笑。有人贻以绛花一巨束，并花篮二，其较巨者，则为吾旧同学李祖法君所赠，祖法盖即女士之未婚夫也。

殿军即为人人瞩目之时装大会，分游戏服、全服、跳舞服、夏服、秋服、冬服、冬季晚服、午后服、晚礼服，并花女与新人之服。登场者十四人，争妍斗艳，五色纷呈，各如孔雀开屏，顾盼自得，诚奇观也。个中御晚礼服者三人，以唐女士为最，黑绒白领之外衣内，御一浅紫之衣，有如阳春三月，紫兰乍

---

① 即爵士乐。

放者。而足为全军之冠者，愚独推唐少川氏女公子甘夫人之冬季晚服，服以黑绒制，缀以白银巨花，黑白相映，极雍容华贵之致。若以花喻，则宛然一朵墨牡丹也。四季之服，夏、秋、冬俱备，而春服独付阙如，似不无遗憾耳。夜将午，亟驱车归，诘旦，记以付本报。

（选自《上海画报》1926 年 12 月 21 日第 185 期第 3 版）

筵次记言

　　明星公司因新影片《良心复活》与《爱情与黄金》摄制告成，设宴招饮于该公司。愚与黄子梅生同往列席，至则摄影场中，方布成精室六间，华灯四灿，如入锦绣谷中。而室外小庭中有明月一轮，掩映绿阴间，亦宛然如真。据张子石川言，此新片《为亲牺牲》中之布景也。已而郑子正秋来，握手道故，见其清癯如故，因问比来健旺否。郑子以手拊背，连呼背痛。愚曰："君尝受返老还童术，在理应与令郎小秋同其朗健，奈何仍作病夫态也。"郑子摇首曰："徒耗吾千金耳，术殊无裨于吾。"愚曰："吾固亦疑之，脱君受术后，能如石川先生之虎虎有生气者，则吾亦将效君之一割，而立易瘦鹃为肥鹃矣。"因相与唱噱。已而洪子浅哉来，洪浅哉为谁，知之者恐不多，盖即戏剧专家与电影专家洪深也。洪子健谈，读书复多，夙为愚所钦服。而劈头第一语，即询以《第二梦》公演亏本事。洪子谓此次在新中央公演三日成绩尚不恶，第三日虽大雨，而卖座初未减色，除付租金与他项开支外，盈余一百余元。惟在职工教育馆因浙事大受影响，以前后开支与收入相抵，约亏四百余元，惟予初不以亏本为意，仍当从事于此。予曰："已有新剧在编制中否？"洪子曰："新剧本甚多，顾当须留之明春排演。兹拟于明岁元宵左右，将旧排诸剧，轮演数日，如《少奶奶的扇子》《黑蝙蝠》等，再在红氍毹上与沪人士相见也。"继又谈及当今诸女明星，洪子力称丁子明女士，谓为端穆淑静，不染时习，能以薪水赡其父母，每来公司，沉默寡言笑。而于表演方面，亦肫挚异于他人，真妙才也。宴毕，试映卜万苍君导演、包天笑先生编剧之《良心复活》（先映八本），主角为杨耐梅、朱飞，成绩较他片为佳。继以洪深君导演之《金钱与爱情》（先映四本），主角为洪与张织云、丁子明，亦并皆佳妙，于艺术上盖三致意焉。

（选自《上海画报》1926 年 12 月 6 日第 180 期第 3 版）

梅宴记趣

    畴昔之夕，电影明星杨耐梅女士，招宴于武昌路安乐园酒家之霏霏厅。座有张石川、巨川昆仲，包天笑、洪深、郑正秋、卜万苍，并明星津经理王玉书、股东姚豫元诸君，盖为清一色之明星公司同人。其忝陪末座，而如《红楼梦》中之所谓槛外人者，惟愚与独鹤而已。耐梅耗金半百余，治此一席，故肴核特精。纯鱼翅一篑，值二十金，入口柔滑如无物，洪深连呼"崽崽"（犹言美也）。群起争下，各尽其饾饤之能事，姚豫元君见碗有余沥，亟持碗分惠于鹤与愚，曰君等幸毋蔑视，中犹值三四金也，群为粲然。别有海狗一器，谓有壮阳滋阴之功，巨川阁箸不动，谓昨夜曾见其生前之状，颇可畏，不敢进。石川、耐梅稍尝其汤，愚与天笑等亦仅进一脔而止，唯郑正秋大啖不已，并其鳍而食之，其勇敢无畏之气，殊不可及。愚因上以尊号曰"海狗英雄"，可与名影片《海上英雄》并传矣。

耐梅飞笺召粤花一枝，自征一花，曰丽华，乃与百货公司同名，所居在仁智里十三弄。姿首清扬，衣饰亦雅丽入时，可人儿也。叩钢弦之琴，歌粤曲《花魁女自叹》，清脆可听。豫元剧赏之，因转局，复歌《柳摇金》一阕。小坐片刻，嫣然谢去。继来一花，曰亚莲，系代天笑征者。面目亦娇好，御狐领，唯衣太长，稍有村气，亦曼歌一曲而去。耐梅谓粤妓身价颇高，以鬻歌为主，不作"豁溪"生涯者。愚闻言大诧，亟问"豁溪"作何解，耐梅谓此系特别名词，惟明星同人多知之。愚方探索间，洪深立谓"豁溪"为谐声格，君试一味之，即得之矣，因相与大笑，金以"豁溪"为谈助焉。耐梅是夕御玄色衣，加绿色长半臂，颇淡雅。自言近欲专心艺术，不事华饰，因以《良心复活》之成绩叩座人。座人亟称之，谓彼前此主演之新片，无一能及此片者。所歌《乳娘曲》，如"儿啊，你贴着娘的胸怀，你偎着娘的乳峰，我的心肝呀，我要见一见你的笑容，我要瞧一瞧你的睡容，我要见娇儿除非在梦中"诸语，一唱三叹，凄婉动人，盖犹鹃啼蜀道，听者每为肠断也。耐梅于七日启行赴香港，闻将于《良心复活》开演时，登台歌粤曲云。

（选自《上海画报》1927年1月10日第191期第3版）

樽畔一夕记

    徐志摩先生自海外归，友朋多为欣慰，畴昔之夕，陆费伯鸿、刘海粟二先生设宴为之洗尘，愚亦忝陪末座。是夕嘉宾无多，除主人陆、刘伉俪四人外，惟徐志摩先生、胡适之先生、顾荫亭夫人，与一陈先生伉俪而已。入席之前，胡、徐、刘、陈四先生方作方城之戏，兴采弥烈，四圈既罢，相将入席。肴核为南园酒家所治，精洁可口，中有脍三蛇一器，诸夫人多不敢尝试，群以女性畏怯为讽。顾夫人不屈，连进三数匙，意盖为女性吐气也。愚平昔虽畏蛇，而斯时亦鼓勇进食，厥状略如鸡丝，味之特鲜，陆费先生劝进甚殷，谓子体夙不甚健，多食此物，足资滋补。愚笑颔之，席间谑浪笑傲，无所箝束。初，互问年事，则陆费先生四十三，居长，胡先生三十八，愚三十四，徐、刘各三十三，顾荫亭夫人亦三十八，因与胡先生争长。二人同为十一月生，而胡先生卒获胜利，盖早生一星期也。已而及于子女之多寡，则陆费先生本四而折其一，胡、刘各三，愚得半打，众以凑满一打为言，愚笑谢不遑。陆费先生因言友朋中之多子女者，以王晓籁先生为冠，得二十余人，居恒不复忆名字，每编号为之，而王先生余勇可贾，谓须凑足半百之数。张刚夫先生（即名医张近枢先生）得十四人，折其一，亦云不弱。众闻之，咸为咋舌不已。徐先生为愚略述此行历五阅月，经欧美诸大国，采风问俗，颇多见闻。在英居一月，在德居一星期，而在法居四日夜，犹如身入众香之国，为之魂销魄荡焉。归途过印度，访诗哲太谷尔于蒲尔柏，握手话旧，欢若平生。印度多毒蛇猛兽，其在荒僻之区，在在可见。惟民气激越，大非昔比，皆见他日必有一飞冲天，一鸣惊人时也。愚问此行亦尝草一详细之游记否，君谓五阅月中尝致书九十九通与其夫人小曼女士，述行踪甚详，不啻一部游记也。愚曰：何不付之梨枣，必可纸贵一时。君谓九十九书均以英文为之，迻译不易，且间有闺房亲昵之言，未可示人也。席散，徐、胡、刘等重整旗鼓，再事雀战，愚作壁上观。不三圈，胡、刘皆小挫，去五六十金，志摩较善战，略有所获，然终不如陈先生之暗噁叱咤，纵横无敌也。时已十时，愚以事兴辞出。

（选自《上海画报》1928 年 11 月 21 日第 414 期第 2 版）

宴梅席上

不见梅畹华者三年矣，比者梅花消息，又到江南，歇浦士女，喜动颜色。其排日听歌，陶醉于大舞台红氍毹之下者，盖不知有几许人也。前星期六，梅子招宴于全家福，会愚有梁溪之行，致未握晤。畴昔之夕，潘子志诠，宴梅于澄园，折柬相招。愚以七时半往，嘉宾满堂，均已就席。梅子自首席中起，执手相寒暄，频言"您好"，厥声如微风振箫，幽婉可听也。愚受大光明影戏院主人之托，将请其于星期六之一夕，执行开幕典礼。因面达此意，梅子唯唯。愚退而语之赵叔雍、文公达二子，谓梅是夕须赴聂仕二公之宴，栗六万状，第出吾子之嘱，自当践约，预计九时必可趋前也，愚悦而谢之。同席除赵、文二子外，有杨小堂、严独鹤、舒舍予、余空我、黄少卿、程玉菁诸子，谈笑甚欢，殊不若他席之拘束。叔雍健谈，而愚与独鹤善谑，因相与调诙不已，鹤以赵、文比为梅子之孟良、焦赞，尤入妙也。

翌夕，梅花馆主复宴梅于联华总会，愚与独鹤、公达、芗垞，均在伴客之列。谭富英、李万春二名优已先莅，方进西餐。其他如丁慕琴、田越民、田天放诸子，皆蓓开唱机公司同人，有西宾五，三男二女，中一年事较长，而操德意志音之英吉利语者，则蓓开之西总理德人白君也，喜欢吾国花雕，尽数十杯无难色，有时强操中国白，向座人呼"干杯"，尤滑稽可笑。梅子以八时许至，御西服，朗朗如玉山照人，与宾从一一握手，作微笑。其偕莅者，为姜妙香、姚玉芙二子，神采如昔，特光阴之刀，似已于面目间少加刻画，即梅子亦不能免。愚以语独鹤，鹤亦谓然，因相与致慨于青春之易逝。而诸西宾则群谓梅有驻颜之术，厥状犹似二十许人云。梅子坐于二西女宾之间，进食绝少，发言亦不甚多，而言必谦抑，故诸西宾咸力称之，谓其谦光可挹，绝无西方艺术家傲岸之态，可佩也。款洽至九时许，玉芙在别座中屈一指作"9"字，形遥示梅子，梅子晤，遂相率兴辞而去。

（选自《上海画报》1928 年 12 月 24 日第 425 期第 2 版）

月份牌小谈

　　吾友名画师胡伯翔君，人皆知其善绘山水，兼精摄影，而不知其亦擅周昉之术，善为美人写照。近见其为英美烟公司作一月份牌，画中一美人，御嫩绿色绛花长毳，围白色鸵毛围巾，两手加肩际，作怯寒状。波眸凝睇，颊辅间呈微笑，真有呼之欲出之概，诚佳制也。题曰冷艳，出蔡子庐君手，适与相称。胡君又为该公司作月历一组，写四季景色，亦各极其妙。一曰《龙华春色》，极烂漫之致；二曰《巫峡晓云》，自是夏季清晓景象；三曰《闽江远眺》，长松植立如人，秋光照眼；四曰《燕郊霁雪》，写骆驼三数，一驼夫加红风帽，与白雪相映发，明艳极矣。此类月历，年必一出，均为胡君手绘，并皆佳妙，予已收藏至三年之久，颇珍视之也。

（选自《申报》1928 年 2 月 4 日第 16 版）

胡适之先生谈片

　　胡适之先生已有一年不见了，大约在一个月以前罢，在春江楼席上遇见他，欢谈未畅，重申后约。前天忽尔兴到，就远迢迢地赶到极斯菲而路去访问他，作两小时的长谈，兹就记忆中所得，追记我们片段的谈话。

　　胡先生在他的楼上的书室中和我相见，四壁都是书橱，插满了大大小小洋装平装的中国书、外国书，一只很大的写字台上，也堆满了书，好像一座座的小山一般，只空出中间一方，作写字著书之用。此外五斗橱上和他椅子背后的窗槛上，也一样地堆满了书，所以胡先生直好似隐在书堆中了。我瞧了咋舌道："胡先生的书真不少啊。"胡先生道："这不过是十分之一，拣些儿用得着的放在手头，其余都在北平，寄在朋友家里，足足堆了两间屋子咧，安徽家里，也有许多旧书，生平所爱的，就是这些书罢了。"我道："先生近来可有甚么新著作么？"胡先生道："没有甚么东西，因为近来害了腰酸的病，坐着写字，很不舒服，时髦的西医曾有拔牙的治法，因此我也学学时髦，拔去了两个牙齿，然而仍是未见大效，所以又换别的治法了。"我道："听说先生要出门去，确么？"胡先生道："是的，本想上广东去，受中山大学之聘，但因身体不佳，所以还未决定。"我道："先生平日做何消遣，也爱看电影么？"胡先生道："我是简直杜门不出，前礼拜曾去看过那张描写释迦牟尼一生的影片，叫作《亚洲之光》，却不见高明。晚上有时也出去参与人家的宴会，每礼拜四，便到中国公学去一天，此外就在家时多了。"当下我们讲到短篇小说，胡先生捡起一本《新月》杂志来送给我，指着一篇《戒酒》道："这是我今年新译的美国欧亨利氏的作品，差不多已有六七年不弹此调了。"我道："先生译作，可是很忠实的直译的么？"胡先生道："能直译时当然直译，倘有译出来使人不明白的语句，那就不妨删去，即如这《戒酒》篇中，我也删去几句。"说着，立起来取了一本欧亨利的原著指给我瞧道："你瞧这开头几句全是美国的土话，译出来很吃力，而人家也不明白，所以我只采取其意，并成一句就得了。"我道："我很喜欢先生所译的作品，往往是明明白白的。"胡先生道："译作当然以明白为妙，我译了短篇小说，总得先给我的太太读，和我的孩子们读，他们倘能明白，那就不怕人家不明白咧。"接着胡先生问我近来做甚么工作，我道："正在整理年来所译的短篇小说，除了莫泊桑已得四十篇外，其余各国的作品，共八十多篇，包括二十多国，预备凑成一百篇，汇为一编。"胡先生道："这样很好，功夫着实不小啊。"我道："将来汇成之后，还得请先生指教。"

此外所谈的话很多，曾谈到新标点，谈到版税，谈到英美的大小新闻纸，全是很有意味的。可惜限于篇幅，不能一一记下来了。

（选自《上海画报》1928 年 10 月 27 日第 406 期第 2 版）

礼拜六的晚上

寄语雪蝶

　　胡蝶与林雪怀之解除婚约也，今已成为社会上极瞩目之一事。双方函件往还，攻讦不已。愚识二君已垂三载，相差仅七日，虽非知友，然亦薄具交谊。且感情方面，无分轩轾，故事出后即竭力调解，冀莫不致决裂。无奈事与愿违，双方各趋极端，愚遂嗒然引退而作壁上观矣。

　　读近日各报，知二君已达剑拔弩张之境，对簿公庭，恐将不免。且察彼此所斤斤者，已越出解除婚约之本题以外，虽曰相骂无好言，然窃恐二君令誉，从此咸将大打折扣矣，惜哉！

况二君相爱已达四五年之久，今虽不得已而解约，岂即尽忘前情乎？雪、蝶倘能回念及此，即不难憬然而悟，兹事亦易于和平解决矣。

愚更须声明，林雪怀之延聘鄂森律师，纯系彼本人自动。因鄂律师别名吕弓，其识林君更早于愚。雪、蝶在月宫订婚时，渠亦贺客之一，此乃不可掩之事实。外间不知根据何种空气，竟强指林之延鄂，系愚所介，是真东瓜缠作茄子之奇谈也。

（选自《申报·自由谈》1930 年 12 月 8 日第 13 版）

紫罗兰庵谈荟

　　无论哪一国的文学家小说家，单单作一国闻名的文学家、小说家，不算希罕，必须作成一个世界闻名的文学家、小说家，才是难能可贵。俄罗斯的高尔基氏（Maxim Gorki）就是当代世界闻名的文学家、小说家之一，俄罗斯人的敬爱他，崇拜他，尤过于执掌全国政权的史大林①氏,他那一枝笔,真的是胜于十万毛瑟了。高尔基实在是一个笔名,他的真姓氏叫作潘希考夫(H. A. M. Pyeshkof),知道的人却是很少,而高尔基三字,那是家喻户晓,无人不知的。他的故乡是尼尼奴夫高洛(Nijnr Novgorod)地方。他的生日是一千八百六十八年三月十四日,到今年恰是六十五岁。他生平执业很多,时常变换,打破一切文学家与小说家的纪录。据他自传中的节目说:一千八百七十八年,作鞋匠的学徒;一千八百七十九年,作画师的学徒;一千八百八十二年,在一艘汽船上做洗濯餐具的工作;一千八百八十三年,作面包师;一千八百八十四年,给人家守门;一千八百八十五年,重又作面包师去;一千八百八十六年,作乐队里唱歌的人;一千八百八十七年,作苹果小贩;一千八百八十八年,因活得不耐烦起来,投身在自杀会中,预备自杀;一千八百九十一年,作律师的书记;一千八百九十二年,无事可做,就作了个无业的游民,游遍俄罗斯全

---

① 即斯大林。

国；一千八百九十三年，在铁路上当工人。看了他这种种经历，正好似吾国唱苏滩的口头演唱出来的那个十弃行的马浪荡。然而他却因此见多识广，终于做成了一位善写平民疾苦的文学家、小说家，他的文章，都是用他的笔尖儿蘸着他自己的血、汗和眼泪写出来的。一千八百九十四年，他开始刊行他的第一种短篇小说，以后就作了许多长篇、短篇与剧本，行间字里，充满了悲天悯人之念，所以他至今还作着新俄罗斯文坛上的权威者。我译过他两个短篇小说：一、《绿猫》，二、《薄命女》。

（选自《申报·春秋》1933年2月10日第18版）

笔墨生涯鳞爪

瑛儿：

这五月真不愧是个红五月啊！我家爱莲堂上，高高地供着一盆半悬崖形的红杜鹃，花朵儿开得特别大。下面是一盆桃红色的七姐妹花，小朵簇聚，衬托着槎枒的老干，分外婀娜。旁边一个白地青花瓷胆瓶中，插着五朵红月季花，为了是在抗日战争中种出来的新花，因名抗日红，象征着当年我们抗战的一片赤心。而更为耀眼的，是那盆抢先开放的朝鲜石榴花，干儿不大，花却不少，真开得如火如荼，我欣赏之下，就口占了二十八字："一盆灿灿如堆锦，端的人工夺化工。装点年年红五月，红旗辉映石榴红。"正在歌颂石榴红，哼得很高兴，却不料绿衣使者来了，带来了你的信，这就增添了我的高兴，回眼看那石榴花时，似乎也含着笑越发的红艳了。

这封信饱鼓鼓沉甸甸的，可是什么玩意儿啊？也许是给你小妹妹们寄包糖的花纸来了吧！忙不迭地拆开一看，呀，不是不是！原来是把我最近登在报上的几篇文章全都剪下寄回来了。我先前曾经说过：如果自己写的文章寄到外地去而不再见面，那就好像是嫁出的女儿断了娘家路，不由不牵肠挂肚地惦记着。难为你这份好心眼儿，今天让我爷儿们重又见面了。只怪你不能像孙悟空般拔根毫毛变一变，变成了一张薄薄的纸儿，夹在信封里一同来。

好吧，让我来从头检看一下，我那几篇文章都折叠得整整齐齐的，就逐一摊了开来。这一篇是《初识人间浩荡春》，那一篇是《一时春满爱莲堂》，还有分作上篇和下篇的《笔墨生涯五十年》和《难忘的四月十五日》。

我一篇又一篇的仔细校读，改正了那些排错了的字，随即归档在一本簿子里粘贴好了。当下我又读了你的信，读到第二节，情不自禁地笑了起来。啊，我的孩子从哪里学来这一套工夫，居然恭维起你爸爸来了。你说："一连读到了父亲的几篇文章，心中非常高兴，又觉得万分光荣，因为我有一位伟大的父亲。"瑛儿，我料知你一定是为了毛主席的召见和周总理的枉顾，才觉得万分光荣而认为我是一个伟大的父亲吧？但是这样的恭维，未免恭维得过火了。要知父亲并不伟大，伟大的实在是两位国家领导人。在一般人的心目中，总以为他们是高高在上，高不可攀的，谁知却是这样的平易近人，出于意外，对我这样一个平凡的文艺工作者，竟这样的重视和关怀。你说你觉得万分光荣，我当然也有同感，然而日月无私，光明普照，像我这样被照到的人正多着呢，决不是父亲的伟大。瑛儿，你记住！我们可不要被光荣冲昏了头脑，还该像小学生般好好学习、天天向上才是。

呵呵！你也忒煞礼数周到了！读了我那篇《笔墨生涯五十年》，就又祝贺起我写作生活的五十年纪念来，说什么这与梅兰芳舞台生活五十年和周信芳舞台生活五十年有同样意义，是值得祝贺一下的。啊！孩子，你把爸爸估价太高了，我怎么能和这两位大艺术家相提并论呢？他们两对国家对社会都有很大的贡献，解放以来，又深入到工农兵广大群众中去，不辞辛劳地为他们服务，在鼓励士气、促进生产方面起了莫大的作用。试问我东涂西抹五十年，枉为一个文艺工作者，毕竟有多大的贡献呢？至于我在书简中之所以不惮辞费向你述说《笔墨生涯五十年》，有如儿女灯前，絮絮话旧，让你知道我这文字劳工的工龄，已经达到五十年了，一方面要在我的生命史上留个纪念，一方面也要在我家庭的小圈子里留个纪念。

我读完了你的信，忽又发现信封中还夹着一张折得小小的纸儿，抽出来展开一看，"周瘦鹃中秋献月"的七字标题，立即跳进我的眼帘。我好奇地从头读去，原来是从《大公报》上剪下来的一篇张友鸾先生的杂写，多承他念旧情深，对我当年的写作翻译以及编辑报刊的工作多所奖饰，实在是愧不敢当。至于"中秋献月"这回事，倒是我五十年笔墨生涯中的一鳞半爪，不妨和你谈谈。记得在民国十年左右的一个中秋节，我已担任《申报》副刊《自由谈》的编者，将出一个"中秋号"，点缀令节。忽然心血来潮，想把版面排成圆形，以象征一轮团圆的明月，待向排字工友提出这个意图时，工友们都有难色，说从来没有排过这样的版面，不但费工费料，时间上怕也来不及。我因报头画和插画都是为了排作圆形版面而设计的，早已准备好了，非在报上让读者赏月玩月不可。于是急匆匆地跑下三层楼，赶到排字房里去，凭着三寸不烂之舌，向工友们说了不少好话，几乎声泪俱下，并且以我本人通宵守候着帮助排版，亲看大样作为条件，终于说服了工友们，立即动起手来。这一晚拼拼凑凑，拆拆排排，工友们费了很多工夫，尽了最大力量，我也实践诺言，通宵随侍在侧，直到东方发白，版面上出现了一轮明月时，这才感激涕零的，谢过了工友们，兴高采烈地回家去睡大觉了。这一页《自由谈》中秋号我至今珍藏着，今天检出来看时，见有朱鸳雏的笔记《妆楼记》、程瞻庐的谐著《月府大会记》、李涵秋的小说《月夜艳语》等九篇作品，钱病鹤的插画《姮娥夜夜愁》，这四位先生早已先后去世，没有看到今天的新中国，真是可惜！版末有我自己用文言写的《自由谈之自由谈》："月圆如饼，藕大似船，中秋又至矣。年来每当此夕，恒若念孩提时彩衣跳地之乐，一饼一果，食之俱甘。今则未到中年，伤于哀乐，吊梦歌离，动增悲感，虽月明如水，亦以愁人泪痕视之矣。"原来那时正是军阀横行民不聊生的时代，所以我写出来的文字，调子总是低沉的，那有像今天这样的笔歌墨舞，欢喜无量啊！

俗说："喜鹊叫，客人到。"怪道今天一清早园子里喜鹊叫得欢，原来有客从北京来了。此客非别，却是老友龚兄。一进爱莲堂，就把带来的两个方形纸匣子递给了我，说是豌豆黄，要赶快吃。原来这是北海公园著名餐馆"仿膳"的传统美点，本是当年清宫御厨房制给西太后吃的，而现在却飞入寻常百姓家了。瑛儿，你要知道我这一篇又一篇的书简，就是这位龚老伯所促成的，你还该谢谢他才是。去秋他代表《文汇报》来苏约稿，十分恳切，我觉得情不可却，便以常写书简为报。这几个月来，竟拉拉杂杂地写了十多篇，倒写出瘾来了。这时我和他分宾主坐下互道寒暄之后，就谈到了我那篇《笔墨生涯五十年》，他说："您这五十年的写作，经历太多，简直可以写成一部书，五六千字怎么够呢？

譬如解放以后您出了些什么书，就没有提出，连我也不甚了了。"我忙道："不错，这倒是应该提一提的。从一九五四年起我出了四种散文集，是《花前琐记》《花前续记》《花前新记》《花花草草》。一种新诗集是《农村杂唱》，有关园艺的两种，是和儿子铮合作的《园艺杂谈》和《盆栽趣味》，去冬出了一种游记选集《行云集》。说也惭愧，我所写的全是一些零零星星的小品文，委实是不足以登大雅之堂的。"

瑛儿，你知道吗？在我这五十年笔墨生涯中，翻译工作倒是重要的一环。鲁迅先生早年曾经表扬过我年轻时编译的那部《欧美名家短篇小说丛刻》，我至今引以为荣。去年在首都，陈毅副总理还问起我近来是不是仍在搞翻译工作哩。前几天接到一位不相识的读者费在山先生从浙江吴兴来信，又问起我当年翻译高尔基小说的事，信中说："我是一个机关工作者，又是一个业余文艺爱好者。我很喜欢读您的著作，尤其是散文。今天突然在戈宝权《高尔基的早期中译及其他》一文中，（见《世界文学》一九六三年第四期）知道您在一九一七年曾以'周国贤'的名字翻译了题名《大义》的高尔基作品。文章说：译文刊登在上海中华书局出版的《欧美名家短篇小说丛刻》下编俄罗斯部中。我等不及看译文，先想知道一下您当时翻译这篇作品的情形。因为戈同志把您的这篇译文列为'最早的中译'，所以引起了我的兴趣。但据江苏方面的朋友们说：周老目前的兴趣，可能不在这一方面，（大家都说您是一位中国盆景专家）但我仍然迫切地想知道您老在四十六年前是怎样写起这篇译文来的。今年是高尔基诞辰九十五周年纪念，如果能得到您的回信，也可算纪念活动中的一支小插曲。"（下略）这位费先生如此关心我旧时的一些小小贡献，使我十分感动，在答复他之前，让我先来和你谈一谈吧。你知道我从来没有学过俄文，这一篇英译的高尔基短篇小说，是从一本英文杂志中翻译出来的。故事是说一个爱国的母亲，经过了痛苦的思想斗争，终于坚决地杀死她那个叛徒的儿子。高尔基描写这位贤母的内心活动，是非常深刻、非常生动的，我的译笔当然是差得远了。原著不知是什么名称，而英译名是《叛徒的母亲》，我因这位公而忘私的母亲深明大义，杀子救国，就把译作名为《大义》。至于我的署名，不论是在刊物中发表时和收入《欧美名家短篇小说丛刻》中时，都是用"瘦鹃"二字，而后来人家不知怎的，偏偏把我这个不甚为人知道的学名"周国贤"搬了出来。费先生问我在四十六年前是怎样译起这篇小说来的。瑛儿，让我先来告诉你，那时我为了受到"五九"国耻的绝大刺激，痛恨那班卖国贼私通日本，丧权辱国，但愿多得几位像高尔基笔下所塑造的爱国母亲，杀尽这些丧尽天良的无耻贼子，救国救民。这种想法，当然是幼稚的，但我当年翻译这篇小说的动机，确是如此。那时高尔基还健在，要是知道我这个二十岁左右的中国小伙子，很早把他的大作介绍过来，也许会掀髯一笑，说一声"孺子可教"吧。

在那国难重重国将不国的年代里，我老是心惊肉跳，以亡国为忧，因此经常写作一些鼓吹爱国的小说和散文，例如《亡国奴日记》《卖国贼日记》《风雨中的国旗》《卖国贼之子》《亡国奴家里的燕子》《爱国丛谈》《我国之爱国者》等等，皆在唤醒醉生梦死的国人，共起救国。此外还写过假想中日战争的《祖国之徽》和《南京之围》，后来"八一三事变"发作竟不幸而言中。而那篇《祖国之徽》却由日本作家桃川氏译成日文，刊载在上海出版的《上海公论》报中，这也是出于我的意外的。

瑛儿，你总也知道我早年那段刻骨伤心的恋史，以后二十余年间，不知费了多少笔墨，反对封建家庭和专制婚姻。我的那些如泣如诉的抒情作品中，始终贯串着紫罗兰一条线，字里行间，往往隐藏着一个人的影子。如果要重提旧事，就是写一部书，也是写不完的。现在且把当年《小说月报》主编王莼农先生所作的一首《紫罗兰曲》录在这里，以见一斑："飞琼姓氏满人间，天风环珮来珊珊。千红谢馥嫣红俗，化作琪蕾九畹兰。芳兰本自生空谷，白石清泉寄幽躅。韵事尽教传玉台，秾姿未肯藏金屋。移根远道来欧洲，瑶草呼龙种碧畴。耕同仙李供香国，咒傍夭桃俪粉侯。花间有女颜如玉，插架奇书姿饱读。第一人夸谢女才，无双独爱周郎曲。周郎二十何堂堂，虞初九百擅东方。骚坛把臂沙司比，说部齐肩莫泊桑。三生自是多情种，惯写花娇兼柳宠。酒渴骑来北海龙，诗狂欲跨西楼凤。自署红鹃太瘦生，果然知己博倾城。武皇才肯文君妒，狗监翻成犬子名。文人墨沉女儿黛，相同只有佳人解。素面新翻北苑妆，捧心最薄东家态。修到梅花不记年，琴心经卷便成仙。乐府为删三妇艳，全家同上五湖船。醉墨香题蝴蝶裙，州六鲤鱼芳讯稀。眼前万事复可有，情苗溉就同心藕。多郎欲赋无题句，旁人那得知其故。恋花本事毋忘侬，神光隐约美人虹。红兰受露风中摇，一寸相思一寸灰。百罚有深杯。周郎饮尔杯中酒，几人秋兴遂莼鲈，由来坠地成刍狗。絮果兰因事有无，一庵尘外悟禅初。写生君是周文矩，情死我惭王伯舆。兰香已嫁兰姨谪，落英片片飞香雪。歌成放笔溜秋涛，起视霜天烂明月。"

游仙一枕分明记，欢作博山依沉水。沧桑花前翠袖人何在，梦里大痴重为花枝寿。血泪憔悴姬姜一例看，人才秋士先成忆昔篇。温馨但道春风学柘颠，不知墨痕暗淡泪痕浓。豪气杨花浓泪桃花笑，花事白莲礼佛花前祷。年年倘许重圆如转毂，何时往事凄凉休回首。

瑛儿你来信祝贺我的笔墨生涯五十年纪念，我就把这笔墨生涯中的一鳞半爪，作为答礼吧。咦，我想起来了！你们那里半年不雨，正在苦旱，大家天天盼望着云霓，如饥如渴。料知你读到我这篇书简时，那甘霖早就沛然下降了。愿你们如鱼得水，皆大欢喜！

（选自香港《文汇报》1963 年 6 月 16—17 日第 6 版"姑苏书简"）

爱花总是为花痴

瑛儿：

　　记得你在童年的时候，也是很爱好花花草草的。每逢春秋佳日，你总得像穿花蛱蝶一般，在花丛里穿来穿去。在春天，你摘了蔷薇花、玫瑰花，甚至木香花。在秋天，你摘了菊花、芙蓉花，甚至红蓼花，要你妈妈给你缀在丫髻上，得意洋洋地在你哥哥姊姊们跟前炫耀一番，他们还笑你是个痴丫头哩。现在你快将四十岁了，不知仍然爱好花花草草像童年时一样吗？如果是以我为例爱花爱到老的话，那么料知你一定还是爱花的。

"姹紫嫣红花满枝，晨钞暝写百花时。爱花总是为花痴。 晓起不辞花露湿，往来花底拨蛛丝。惜花心事有花知。"

这是我往年所填的一首《浣溪沙》词，描写我怎样地爱花和惜花，其实我之爱花惜花，岂止这些，有时竟达到寝食俱废心力交瘁的地步。譬如夏天常多雷阵雨，夜半梦回，蓦地听得风雨声，我往往跳下床来，打着手电，把那些陈列室内傍晚移在草坪上的盆花和瓶花，抢运到廊下来。有时为了插一瓶花或布置一个盆景，全神贯注着，非搞得尽善尽美不可，于是连吃饭也忘了。最近一个下雨天，雨下得相当大，想起那一盆老桩的千叶石榴正开了花，而园地上好多株各色各样的大丽花也正开得如火如荼，不知能不能顶住这么大的雨，于是戴上一顶大凉帽立即赶到园子里去，把几朵开足了的石榴花和大丽花一一剪了下来，准备作插瓶和布置水盘之用，回到室内时，你继母就嚷了起来，原来我身上一件短夹衫已淋漓尽致，全都湿透了。如果要我参加什么莳花展览会、盆景展览会的话，那么会前的准备，就是一项紧张而细致的工作。尤其是一九六三年为了庆祝国庆节，应广州市文化局之邀，和苏州市园林处合作，到文化公园去举行苏州盆景展览，我的出品是中、小型和最小型的盆景一百三十余点，就足足做了一个月的准备工作，劳心劳力，付出了一笔很大的劳动代价。然而在广州市展出的二十七天中，观众多至十余万人，那么我虽心力交瘁，也就获得了莫大的报偿。

我之梦花惜花，一向是有始有终的。一开始看到了花蕾，就油然而生爱之之心，从此一天总得要去看一二次，甚至看三次四次，看它们一天又一天地大起来，由微绽而半开，再由半开而全放，而我的心花也像那些花朵一样怒放了。五一劳动节后，园中有几盆小型的朝鲜石榴，尤其是我关心的焦点。只要开始看到枝梢上出现了一个像针头那么小的花蕾，心中先就一喜，花蕾出现越多，心中越喜，一天看上几次，不厌其烦。偶然见有一个焦黑了，立时怅然若失，即忙知照花工老张，随时留意盆中水份，并留意施肥的浓淡，末后眼见它们一一开了花，结了实，那真好像看到子女们的成长一样。那种志得意满兴高采烈的心情，真是难画难描难以形容的。

春天和夏天，当然是开花最多的季节，万紫千红开遍了整个的园地。我有大小好多盆老桩的花树，如梅、迎春、木香、十姊妹，八仙，紫荆、白荆、桃、木桃、紫藤、石榴、七星梅、凌霄、紫薇、红薇等等。秋天和冬天还有两株老气横秋的天竺桂和素心腊梅，老树着花，分外觉得稀罕。如果看到那一盆老树花枝招展开到七八分时，便郑重其事地移到室内来，配上了树根几或红木几座，高供在其他一些青枝绿叶的盆景之间，顿时添上了一派绚烂的色彩。有些庞然大物室内容不下的，便安放在廊下正中的大木桩上，例如一株枯干只剩半爿的老紫藤，今年开花四百余串，打破了历年的纪录，那就非让它来座镇中枢，领袖群芳不可了。

有些种在地上的花枝，没法移到室内去作供的，我就等它开到八九分时，就剪了下来插在瓷瓶里或水盘里，作为几案上的清供，像春天的玉兰、海棠、绣球、牡丹、芍药、蔷薇、月季等，夏天的广玉兰、水葫芦、大丽、菖兰、萱花、莲花等，都是插花的好材料。到得布置就绪供上几案之后，还须天天留意他们的精神面貌，傍晚总得移到室外去过夜，吸收露水。供了二三天，如果发现花瓣上有些焦黄，就把它略略修剪一下，直到花瓣脱落，没法维持下去时，才掉换新花，重行布置起来。有些花像容易脱落的凌霄和美人蕉等，花朵散落在地，十分可惜，我就一朵朵拾起来放在浅水盘里作供，也可观赏二三天之久，一面还可随时轮换，直到原株上花朵开尽为止。就是那些瓷瓶和水盘中插供的残花败叶，我也决不随意丢掉，而放到草汁缸中去作为绿肥，一年年地积累着，供百花施肥之用，清代诗人龚定庵诗中所谓"落红不是无情物，化作春泥更护花"，我也有这个想法，可是我并不让它们化作春泥而先就用作绿肥了。瑛儿，像我这样的爱花惜花，可说是"前无古人后无来者"了吧？呵呵！

瑛儿，我知道你们一家是住在大厦八楼上的，比"七重天"还要高出一重，真的是高高在上，可是和地面距离太远，一定不会有园地供你培植花草，那么你虽爱花，又待怎样来绿化美化你们的"空中楼阁"呢？现在让我来给你介绍老友花王周的一本《花树情趣》，好在这书恰在你们那里出版，定然是买得到读得到的。他迁就当地环境，给天台、骑楼，甚至窗上作绿化美化的设计，说得头头是道，大可供你们作参考的资料。我这位朋友从前在上海办过刊物，办过花圃，也办过舞厅，一向善放噱头，因此得了一个"周噱头"的外号。就以这本《花树情趣》而论，也在大放噱头，而这些噱头却是切合实际，大有用处的。瑛儿，你家如果也有天台、骑楼的话，何妨照这位噱头伯伯的设计，绿化美化一下？虽说一个人没有花草也一样可以生活，但是在一整天的工作劳动之后，坐下来观赏一下红红绿绿的花花草草，确可陶冶性情，调节精神呢。

我是爱花如命，一日不可无花的，除了有一片万花如海乱绿成围的小园地和千百个大大小小的盆景欢迎广大群众随时登门观赏外，爱莲堂和紫罗兰庵、仰止轩中还在终年不断地举行瓶供、石供和盆景展览会，随着时令经常调换展品，力求美善，务使观众乘兴而来，不要败兴而去，我是作为一项重要任务来认真对待的。此外我又利用卧房含英咀华之室的窗槛展出一批小型的盆景，这窗槛是用混凝土构成的，纵深七市寸，横六市尺，面积虽不大，却也大有"英雄用武之地"。我在右角安放一个小小十景橱，陈列仙人球一类的多肉植物十多种，而在中部和左角就陈列着八九件小型的山水盆景和花树盆景，窗槛下面的一张梅花形小桌和另一张小圆桌上，又陈列着几件中型的盆景，花树和水石都有，于是这个窗槛上的展览会就不觉寂寞了。这些盆景也是经常变动的，最近的几天，正在展出好几盆洒金的凤仙花和一盆桂林山水盆景，两块种着细叶菖蒲的小岩石，这些展品每天傍晚总得由我亲自移到园地上去过夜，而早上仍由我亲自搬运回来重行陈列，这是我入夏以来每天的课程，从不耽误的。古代陶侃运甓习劳，传为佳话，像我这样天天忙着搬运盆景，可不让老陶独有千古哩。

此外，我还有一个并不公开的私房展览会，那是在我日常起居之所的凤来仪室中，只有少数观友是可以看到的。瑛儿，你可还记得往年我们每天团坐吃饭的那张红木大圆桌吗？这些年来，这大圆桌不单是供我们一家作就餐之用，也作为我阅读书报和写作的所在。因此我就独自占有了小半张桌子的地位，如果用市尺来量一量，横量最宽处不过三市尺，直量最深处不过一市尺半，这是我个人生活的小天地，一天到晚，在这里差不多要度过一半的时间。于是从去年秋季起，就把这片小天地美化了一下，在我面前一市尺以外，陈列小型的瓶供、石供、植物盆景、山水盆景等十七八件，每件都配上一个精致的树根几座和红木、紫檀的几座，有独块的，有双连的，高低疏密，巧作安排，形成了一个半月形的小型展览会。我闲来没事，就坐在桌旁的藤椅里，独个儿欣赏这些形形色色丰富多彩的展品，活像是看到孔雀开屏一样，使我有心旷神怡之感。我每天在这里阅报读书，眼睛花了，就停下来看看这些展品中的蒲石和小竹。写作告一段落时，就放下了笔，看看那几个山水小盆景，神游于明山媚水之间。一日三餐，我也是在这里独个儿吃的，边吃边看那些五色缤纷的瓶花，似乎增加了食欲。在我坐处的右旁，有一座熊猫牌的六灯收音机，我天天收听各地广播电台的文娱节目，边听边看盆景，真所谓"极视听之娱"，心情舒畅极了。在我座后的粉壁上，贴着一张《毛主席在天安门上》的彩色年画，右旁一座电唱机上，供着一架版画的毛主席半身像，左旁的一张旧式书桌上，供着一尊毛主席全身石膏像。我时时左顾右盼，就仿佛时时跟毛主席在一起，觉得我们这位伟大的领袖正在督促着我，鼓励着我，使我在工作时在学习时平添了无穷的热力。

　　瑛儿，料知你一定要笑我了，说我园子里既有那么多的花草树木，园地上和几个室内又有那么多的大小盆景，为什么贪得无厌，还要在窗槛上、餐桌上举行展览会呢？难道老年人龙马精神，竟如此的不惮烦吗？呵呵！让我来答复你，总的说来，就是概括在我往年那首《浣溪沙》词里的七个字："爱花总是为花痴。"不如此就不足以见其爱、见其痴啊！另一方面，为了我爱花而想到你也爱花，因此要推动你一下，使你的家里也绿化美化起来。为了料知你那里没有园地，所以把我窗槛展览会和餐桌展览会作为例子，这是在没有园子的条件下可以如法炮制的。当然你不会有这么多的盆景，也不需要举行什么展览会，只要在窗槛上、书桌上或妆台上，点缀三瓶鲜花或一二个易于培养的盆景，包管你悦目赏心，而立时觉得一室之内生气盎然了。

（选自香港《文汇报》1963 年 6 月 16—17 日第 6 版"姑苏书简"）

　　礼拜六的晚上

关于《一生低首紫罗兰——周瘦鹃文集》

　　凡欧美四十七家著作，国别计十有四，其中意、西、瑞典、荷兰、塞尔维亚，在中国皆属创见，所选亦多佳作。又每一篇署著者名氏，并附小像略传。用心颇为恳挚，不仅志在娱悦俗人之耳目，足为近来译事之光。唯诸篇似因陆续登载杂志，故体例未能统一。命题造语，又系用本国成语，原本固未尝有此，未免不诚。书中所收，以英国小说为最多，唯短篇小说，在英文学中，原少佳制，古尔斯密及兰姆之文，系杂著性质，于小说为不类。欧陆著作，则大抵以不易入手，故尚未能为相当之绍介；又况以国分类，而诸国不以种族次第，亦为小失。然当此淫佚文字充塞坊肆时，得此一书，俾读者知所谓哀情惨情之外，尚有更纯洁之作，则固亦昏夜之微光，鸡群之鸣鹤矣。

以上文字，是当年在教育部任职的鲁迅，审读了出版社送审的周瘦鹃《欧美名家短篇小说丛刊》后，和周作人一起写的审读报告。这篇审读报告，最初发表于1917年11月30日《教育公报》第四年第十五期上。从这篇审读报告里，可以看出周氏兄弟对周瘦鹃的这部翻译小说的看重。

周瘦鹃的《欧美名家短篇小说丛刊》于民国六年作为"怀兰集丛书"之一种在上海中华书局出版，分上、中、下三卷，天笑生、天虚我生和钝根分别作了序言。天笑生在序言中肯定了周瘦鹃的文字"自有价值"。天虚我生更是对这部巨制不吝赞美之词。钝根在序中说到周瘦鹃爱读小说时，介绍他这位朋友境况是："室有厨，厨中皆小说。有案，案头皆小说。有床，床上皆小说。且以堆垛过高，床上之小说，尝于夜半崩坠，伤瘦鹃足，瘦鹃于是著名为小说迷。"可见周瘦鹃热爱小说的程度，也就不难理解他耗费一年多的时间，来翻译这部《丛刊》了。该书上卷曰"英吉利之部"，共收英国短篇小说十余篇。中卷分为"法兰西之部""美利坚之部"。下卷分"俄罗斯之部""德意志之部"等欧洲多国的短篇小说。而且几乎在每篇小说前，都有原作者小传。通过小传，大体能了解作者的生平和这部小说的写作背景，让读者能更好地理解小说。该书一经出版，影响很大，一时有"空谷足音"之誉，也给周瘦鹃带来很大的知名度。

关于周瘦鹃其他的原创文学，我们在《周瘦鹃自编精品集》（广陵书社 2019 年 1 月出版）的编后记里，曾经有过简略的介绍：

　　　　周瘦鹃的写作，一出手就确定了他的创作方

向，即适合市民大众阶层阅读的通俗文学。他发表的第一篇作品《落花怨》(1911年6月11日出版的《妇女时报》创刊号)，就带有浓郁的市井小说的味儿，而同年在著名的《小说月报》上连载的八幕话剧《爱之花》，同样走的是通俗文学的路子，迎合了早期上海市民大众的阅读"口感"，同时也形成了他一生的创作风格。继《爱之花》之后，他的创作成了"井喷"之势，创作、翻译同时并举，许多大小报刊上都有他的作品发表，一时成为上海市民文化阶层的"闻人"，受到几代读者的欢迎。纵观他的小说创作，著名学者范伯群先生给其大致分为"社会讽喻""爱国图强""言情婚姻"和"家庭伦理"四大类。"社会讽喻"类的代表作有《最后之铜元》《血》《十年守寡》《挑夫之肩》《对邻的小楼》《照相馆前的疯人》《烛影摇红》等，"爱国图强"类的代表作有《落花怨》《行再相见》《为国牺牲》《亡国奴家里的燕子》等，"言情婚姻"类的代表作有《真假爱情》《恨不相逢未嫁时》《此恨绵绵无绝期》《千钧一发》《良心》《留声机片》《喜相逢》《两度火车中》《旧恨》《柳色黄》《辛先生的心》等，"家庭伦理"类的代表作有《噫之尾声》《珠珠日记》《试探》《九华帐里》《先父的遗像》《大水中》等。他的这些成就的取得，不仅在大众读者的心目中影响深远，也受到了鲁迅等人的肯定。1936年10月，鲁迅等人号召成立文艺界抗日民族统一战线，周瘦鹃作为通俗文学的代表，也被鲁迅列名参加。周瘦鹃在《一瓣心香拜鲁迅》中还深情地说："抗日战争初起时，鲁迅先生等发起文化工作者联合战线，共御外侮，曾派人来要我签名参加，听说人选极严，而居然垂青于我。鲁迅先生对我的看法的确很好，怎的不使我深深地感激呢？"翻译和创作通俗小说而外，周瘦鹃还创作了大量的散文小品。他的散文小品题材广泛，行文驳杂，有花草树木、园艺盆景、编辑手记、序跋题识、艺界交谊、影评戏评、时评杂感、书信日记等，涉及社会生活的多个方面。此外，周瘦鹃还是一位成就卓著的编辑出版家，前半生参与多家报刊的创刊和编辑工作，著名的有《礼拜六》《紫罗兰》《半月》《紫兰花片》《乐园日报》《良友》《自由谈》《春秋》《上海画报》《紫葡萄画报》等，有的是主编，有的是主持，有的是编辑，有的是特约撰述。据统计，在1925年到1926年的某一段时间内，他同时担任五种杂志的主编，成了名副其实的名编。另外，他还写作了大量的古典诗词，著名的有《记得词》一百首、《无题》前八首和《无题》后八首等。

　　周瘦鹃一生从事文艺活动，集创、编、译于一身。在创作方面，又以散文成就最大，其中的"花木小品""山水游记""民俗掌故"被范伯群称为"三绝"（见范伯群著《周瘦鹃论》）。而"三绝"之中，尤其对"花木小品"更是情有独钟，不仅写了大量的随笔小品，还成为闻名天下的盆景制作的实践者。据他在文章中透露，早20世纪20年代末期，他就在苏州王长河头买了一户人家的旧宅，扩展成了一个小型私家园林。从此苏州、上海两地，都成了他的活动基地，在上海编报刊、搞创作，在苏州制作盆栽、盆景。而早年在上海选购花木盆栽的有关书籍时，还曾巧遇过鲁迅。在《悼念鲁迅先生》一文中，他透露说："记得三十余年前的某一个春天，一抹斜阳黄澄澄地照着上海虹口施高塔路（即今之山阴路）口一家日本小书店，照在书店后半间一张矮矮的小圆桌上，照见桌旁藤靠椅上坐着一位须眉漆黑的中年人，他那瘦削的长方脸上，满带着一种刚毅而沉着的神情。他的近旁坐着一个日本人，堆着满面的笑正在说话。这书店是当时颇有名的内山书店，那日本人就是店主内山完造，而那位中年人呢，我一瞧就知道正是我所仰慕已久的鲁迅先生。"买有关盆栽的书而邂逅鲁迅先生，周瘦鹃自称是"三生有幸"，而此时，他还不知道鲁迅曾经大加赞赏过他的《欧美名家短篇小说丛刊》。鲁迅也偶尔玩过盆景的，他在散文集《朝花夕拾·小引》里，有这样一段话："广州的天气热得真早，夕阳从西窗射入，逼得人只能勉强穿一件单衣。书桌上的一盆'水横枝'，是我先前没有见过的：就是一段树，只要浸在水中，枝叶便青葱得可爱。看看绿叶，编编旧稿，总算也在做一点事。"这个"水横枝"，就是盆栽，清供之一种，如果当时周瘦鹃能够和鲁迅相认，或许也会讨论一下盆栽制作也未可知啊。

这次编辑出版《一生低首紫罗兰——周瘦鹃文集》文丛，是在《周瘦鹃自编精品集》的基础上，对周瘦鹃主要作品的又一次推介，或者说是一次延伸。文集中不仅收入了他很多的原创作品，如小说、随笔、小品、序跋、后记、编后记等等，也收入了他的翻译小说，即从他的那部影响深远的《欧美名家短篇小说丛刊》里，精选了部分篇什，分为《人生的片段》和《长相思》两册。周瘦鹃的其他原创作品，除《花花草草》之外，也精选了一部分代表作，编为六册，分别为《礼拜六的晚上》（散文随笔）、《落花怨》（短篇小说）、《女冠子》（短篇小说）、《喜相逢》（短篇小说）、《新秋海棠》（长篇小说）、《紫罗兰盦序跋文》等，这些作品和《花前琐记》《花前新记》等作品一起，代表了周瘦鹃一生中的主要创作成果。

由于水平有限，在选编过程中不免会有不妥或失当之处，敬请读者朋友们多多批评指正！

陈　武

2019 年 7 月 25 日高温于花果山下